8º Y2
48312
36
PRÉFECTURE DE L'AUBE
DÉP.
100 I F K
LES CINQ
Tome Troisième
20 Centimes
Collection A.-L. GUYOT
6 et 8, rue Duguay-Trouin
PARIS
Algérie, Colonies et Etranger : 25 Cent.

36

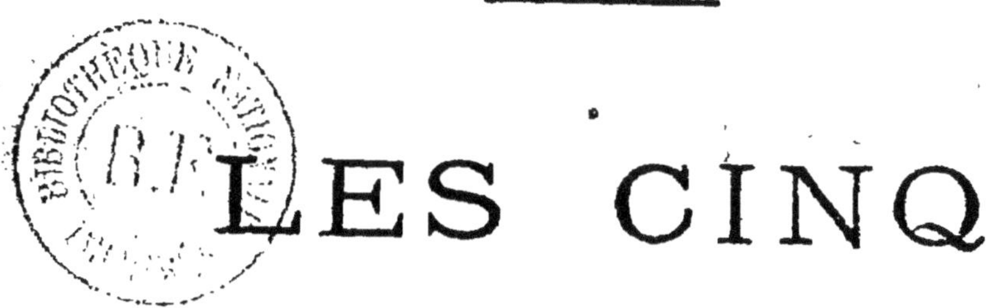

LES CINQ

PAUL FÉVAL FILS

LES CINQ

TOME TROISIÈME

PARIS
Collection A.-L. GUYOT
6 et 8, rue Duguay-Trouin, 6 et 8

LES CINQ

PREMIÈRE PARTIE

(Suite)

Laura-Maria

(Suite)

XV

M. CHANUT

Nous franchissons une semaine et, faisant la même course que Joseph Chaix, le messager de cette belle Charlotte, nous nous transportons dans ce quartier du Marais où commença notre histoire.

Il y a, tout le long de ces vieilles rues, de grands souvenirs historiques, et certains palais, contemporains du château des Tournelles, sont encore debout, gardant leur orgueilleuse tournure, mais les hauts seigneurs sont partis, laissant la place aux maîtres de pensions, affluents du collège Charlemagne, et aux fabricants de bronzes « d'art ».

Louis XIII, dit le Juste, dernier gentilhomme oublié dans ces contrées, regarde toujours les belles bâtisses de sa place favorite, briquetées comme son château de Saint-Germain : Pauvre triste créature, si brave et si faible, qui enfanta sans le savoir le despotisme et la révolution !

Ne lui demandez pas son adresse à cette statue, elle vous répondrait : « Consultez l'écriteau ; je ne sais plus bien si c'est jour de place Royale ou saison de place des Vosges. »

C'était le matin, au revers de cette même place Royale, dans une maison de la chaussée des Minimes dont capitaine Blunt avait loué le premier étage, vacant par la faillite d'un fabricant de boutons, successeur éloigné de quelque mignon de cour, pareillement tombé en banqueroute.

L'écusson martelé de la porte cochère laissait deviner en effet les émaux de la famille d'Entraygues.

Il y avait un lit de fer, dressé au milieu du salon, qui était très vaste et semblait avoir subi, l'une après l'autre, plusieurs sortes d'ornementations avant de tomber dans l'état de nudité complète où nous le trouvons. Trois hautes fenêtres sans rideaux l'éclairaient. Le plafond, laqué dans les tables profondes de ses caissons, n'était plus que décrépitude ; les boiseries, fort belles et chargées de sculptures, montraient çà et là des traces d'or.

Le parquet, fait de planches déjà vermoulues, laissait apercevoir, par ses larges fentes, un pavé mosaïque en marbre jaune et noir.

Derrière le lit, des clous plantés dans le bois soutenaient des vêtements d'hommes pendus pêle-mêle, deux carabines et aussi du linge. Sous ce trophée, qui remplaçait manifestement l'armoire absente, plusieurs malles étaient rangées.

Tout cela représentait assez bien un camp dans une chambre.

Un jeune homme pâle et qui paraissait souffrir dormait sur le cadre, tout habillé et tête nue. On ne lui aurait pas donné vingt ans par le visage qui était beau comme celui d'une belle femme, sous la profusion de ses cheveux bouclés.

Deux hommes d'âge mûr, dont l'un portait sur le bronze de ses traits un certificat d'indomptable énergie, se tenaient debout au chevet du lit. On eût cherché en vain un air de famille entre l'un ou l'autre de ces deux hommes et le jeune malade.

— Aidez-moi, je vous prie, dit capitaine Blunt.

Il souleva en même temps la tête du lit. Son compagnon, qui avait nom M. Chanut, en prit le pied, et ils passèrent tous les deux avec leur fardeau dans une autre pièce nue où le jeune homme fut déposé toujours dormant.

— Que dit le docteur, ce matin? demanda M. Chanut.

— Il dit, répliqua brusquement capitaine Blunt, que l'air de Paris ne vaut rien pour les sauvages, surtout quand on leur a planté la pointe d'un couteau entre les côtes. Je fais bonne garde pourtant, mais j'ai mes affaires... ou plutôt les affaires de ce petit coquin-là qui me rendra fou. Je suis sûr qu'il se moque de ma surveillance. Cela sent la robe de soie, ici, quelquefois, quand je rentre.

M. Chanut eut un demi-sourire.

— On peut louer une sentinelle, murmura-t-il. Pourquoi vivez-vous seul ?

Capitaine Blunt se pencha au-dessus du cadre et baisa le malade au front sans l'éveiller.

— Vous trouvez mon Edouard plus défait ? murmura-t-il avec inquiétude en se relevant.

— Je trouve qu'il faut vivre à Paris comme tout le monde, répondit M. Chanut.

Capitaine Blunt haussa les épaules et rentra dans le premier salon. Son compagnon l'y suivit aussitôt.

Tous les deux prirent place sur des chaises de paille, auprès d'une petite table en sapin, encombrée d'objets assez caractéristiques. On y voyait, entre autres choses, une paire de revolvers grand format, une ceinture à or, en apparence bien garnie, des journaux américains, une théière, une tasse, un large couteau mexicain, capable de guillotiner un bœuf et qui venait de servir à étendre du beurre sur une tartine de pain anglais.

Rien de tout cela ne manque précisément à Paris, mais je ne sais pourquoi capitaine Blunt, ses pistolets et sa ceinture emportaient la pensée à mille lieues de Paris.

Outre les deux chaises et la table, une fois le lit

parti, le salon était complètement dépourvu de meubles.

Avec un très léger effort d'imagination, vous eussiez allumé volontiers un feu au milieu de la chambre et rangé autour une demi-douzaine de Peaux-Rouges, fumant gravement le calumet du conseil.

M. Chanut était au contraire une physionomie parisienne au premier chef; quarante ans, demi-chauve, dodu, frais, le sang rose à la peau, l'œil vif et de belle humeur derrière ses lunettes d'écaille, l'air un peu gouailleur, mais surtout bon enfant.

Où donc l'avez-vous rencontré? Partout. Vous le croisez du matin au soir sur le boulevard sans le remarquer. — Mais lui vous remarque, c'est son état.

Capitaine Blunt avait à peu près le même âge. C'était une figure énergique et franche qui exprimait très naïvement une idée fixe : la volonté d'être prudent.

Les gens ayant beaucoup souffert par suite de leur étourderie se réfugient souvent dans cette vocation.

Capitaine Blunt ne portait pas avec une entière aisance ce masque froid que les Indiens, dit-on, tiennent en si haute estime. Il était de ceux qui, par nature ont le cœur sur la main. Et pourtant, ses traits accentués, dont la teinte sombre renvoyait par place des reflets d'acier bruni, n'indiquaient pas un lutteur ordinaire. Ses sourcils, noirs comme le jais, abritaient un regard vaillant.

Il ne portait pas de barbe. Ses cheveux coupés presque ras et qui commençaient à grisonner vers les tempes couvraient son crâne comme un velours.

Il s'assit le premier, et dit en montrant du doigt la porte de l'autre chambre :

— Nous voilà seuls. Maître Edouard est trop loin pour nous entendre, quand même il s'éveillerait par hasard.

— Vous avez donc bien peur, répliqua M. Chanut en s'asseyant à son tour, que cet enfant-là ne mette le nez dans ses propres affaires ?

Capitaine Blunt secoua la tête d'un air entendu.

— Nous ne sommes pas nés d'hier, prononça-t-il à demi-voix, Il faut jouer serré. J'en ai vu de rudes dans les pays, là-bas, mais je savais ma route. Ici, je regarde où je mets le pied. Quand je parle tout seul, personne ne peut me vendre !

— Savoir !... fit M. Chanut également entre haut et bas.

Capitaine Blunt lui tapa sur le genou.

— On vous écoute, dit-il, allez !

M. Chanut ne se permit aucune objection : il tira de sa poche une bonne poignée de petits papiers et demanda :

— Par quel bout débutons-nous ? L'hôtel de Sampierre ou les Cinq ?

— Les Cinq, répondit Blunt.

— C'est que, dit M. Chanut, vous paraissiez si pressé, hier, d'éplucher le premier ministre de la marquise, M. le comte Giambattista Pernola !

— Je suis plus pressé encore aujourd'hui qu'hier,

mais je vous ai dit : Les Cinq. Marchons. C'est mon idée.

— A vos ordres, fit M. Chanut qui consulta ses papiers. Le n° 2 est M. Moffray (Achille), agent d'affaires, rue de Provence...

— Vous passez le n° 1, fit observer capitaine Blunt. Est-ce exprès ?

— C'est exprès. Vous connaissez ce Moffray ?

— Je ne connais personne. Que ce soit dit une fois pour toutes.

— C'est juste, et vous avez raison d'exiger les renseignements complets. Je vais faire tout comme si vous ne connaissiez pas. Moffray est un joli vivant d'une trentaine d'années, bien élevé, instruit, pas bête, doux comme un agneau, mais capable de tout : fortune dévorée jusqu'à l'os, joueur incurable, crédit retourné sens dessus dessous ; très ambitieux, malgré cela, très amoureux...

— De qui ?

— De toutes.

Capitaine Blunt demanda :

— N'a-t-il pas la confiance de Mme la marquise de Sampierre ?

— Parbleu ! répartit M. Chanut.

Puis il ajouta :

— La brave dame a un flair pour trouver des coquins !

— Alors, ce M. Moffray est un coquin ?

— Des pieds à la tête, oui.

— Continuez...

— Le n° 3 est moins aimable que Moffray, mais

encore plus insolvable, si c'est possible. Il a nom M. de Mœris et se dit vicomte.

— Ah bah ! fit Blunt : Mœris !

— Est-ce que vous l'avez rencontré sur votre chemin ?

— J'ai peut-être entendu parler de lui... vaguement.

— C'est qu'il a fréquenté vos parages, là-bas dans la Sauvagie, Raousset-Boulbon n'était que de la Saint-Jean auprès de lui. On ferait des romans avec son histoire. Il a été grand chef quelque part, chez les Aucas ou chez les Sioux ; il a scalpé des rouges et des blancs sous le pseudonyme du Serpent-Savant ou du Renard-Loyal. Il a bluté de la terre d'or en Californie et fumé du bœuf dans l'Uruguay. D'aucuns prétendent, il est vrai, qu'il n'a jamais été plus loin que Pontoise, mais ce sont des calomniateurs. Il est Cacique en disponibilité ; seulement, depuis que le destin lui a arraché sa couronne, il se voit obligé de coucher en garni.

— Où cela ?

— Hôtel du Louvre, pour le moment, jusqu'à ce qu'on lui présente sa note.

— Et au fond, quel homme est-ce ?

— Il se dit lion, je le crois lièvre.

— Est-il en rapport avec la marquise Domenica ?

— Naturellement, oui. C'est lui qui avait organisé la dernière expédition de recherches dans les Montagnes-Rocheuses. La marquise en a été pour une somme folle.

— Et on ne trouva rien ?

— Rien. Je crois que l'expédition s'arrêta à Meudon.

— Vous avez le caractère gai, Monsieur Chanut.

— Assez, capitaine ; mais quand les clients préfèrent la mélancolie, je m'y conforme... A ce jeu-là, Mœris râfla un ou deux milliers de louis qu'il reperdit à la roulette.

— Il est joueur aussi ?

— Trois fois plus que le Moffray.

— Et ensuite ?

— N° 4, le gentleman Donat, dit mylord, dit Torticolis, vingt ans et venant de Londres.

— Celui-là n'est pas un vicomte ?

— Non, c'est un serrurier.

— La marquise Domenica le connaît-elle ?

— Il a pu monter ses sonnettes.

— Que fait-il dans l'association ?

— Il fait la partie des fausses clefs.

Blunt eut un mouvement dédaigneux.

— Ils en sont là ! murmura-t-il. Alors, en fin de compte, c'est une confrérie de pauvres diables ?

— Ils en étaient là, répliqua M. Chanut, non sans une certaine emphase, mais il y a le n° 5...

— La femme ?

— Tiens ! vous le saviez ?

— Non, mais je commence à épeler mon Paris.

— Bravo ! vous avez deviné, capitaine ! Le numéro 5 est une femme.

XVI

CAPITAINE BLUNT

Capitaine Blunt demanda :

— Et comment se nomme-t-elle, cette femme qui est le n° 5 ?

— Elle s'appelle Mme Marion.

— Marion qui ?

— Tout court.

— Une cuisinière ?

— Ou une princesse.

M. Chanut, à ce dernier mot, remonta ses lunettes en riant bonnement. Capitaine Blunt poursuivit :

— Elle est jeune ?

— Elle paraît jeune.

— Belle ?

— A miracle !

— Riche ?

— Elle paye sans compter.

— Ce n'est pas elle qui a fondé l'association ?

— Elle y est entrée la dernière de tous et seulement cette semaine.

— Alors, elle obéit aux autres ?

— Non, elle commande à tout le monde

— Où demeure-t-elle?

— A Ville-d'Avray, quand elle est Mme Marion

— Elle n'est donc pas toujours Mme Marion?

— Tant s'en faut!

— Et quand elle n'est pas Mme Marion, qui est-elle?

— Ne m'en demandez pas plus que je n'en sais.

— Alors, c'est tout ce que vous savez?

— Ce matin, oui. Une autre fois, mieux.

Ce disant, M. Chanut rassembla ses petits papiers comme on met en ordre un jeu de cartes.

— Une autre fois, mieux, répéta capitaine Blunt, non sans une nuance de mécontentement. J'espère que vous allez être plus précis au sujet du comte Pernola?

M. Chanut déplia aussitôt deux lettres qu'il avait mises à part.

— Vous serez content, dit-il. En me séparant de l'Administration pour me livrer au renseignement privé, j'ai gardé mes correspondants qui me servent assez bien. Le comte Giambattista Pernola, des marquis Sampietri, appartient très authentiquement à la grande famille de ce nom, originaire de Sardaigne, mais ayant des branches établies en France et dans le pays de Naples. Les Sampierre forment le rameau français. Le comte Pernola est de la branche napolitaine. J'ai eu l'honneur de me trouver en rapport avec lui lors de mes débuts comme agent auxiliaire : Il y a longtemps! Depuis, je l'ai souvent perdu de vue, mais chaque fois qu'il revient à Paris, je lui accorde un coup d'œil. Il en vaut la peine.

C'est un homme à peu près de notre âge, d'apparence douce et distinguée. Il est le plus proche parent de monsieur le marquis de Sampierre comme Mlle d'Aleix est la plus proche parente de la marquise Domenica. Un mariage entre le comte et la princesse Charlotte permettrait de ne point diviser la fortune.

— Quel age a Mlle d'Aleix, au juste ? demanda capitaine Blunt.

— Dix-neuf ans, moins quelques mois.

— Est-ce qu'il est question de ce mariage ?

— Je ne sais, mais quelqu'un doit y songer, car il arrive parfois mésaventure aux amoureux qui rôdent autour de l'hôtel de Sampierre.

Capitaine Blunt fit comme s'il n'avait pas entendu et M. Chanut reprit :

— Revenons au comte Pernola. Mon courrier d'Italie me donne sur lui les témoignages les plus avantageux. Bonnes vie et mœurs, rangé, décent, sobre, bien tenu, opinions politiques modérées, point cagot, encore moins incrédule, ne dépensant que chez le coiffeur... Tenez ! voici deux lettres où on le qualifie de *galantuomo*, ni plus ni moins que le roi Victor-Emmanuel ! Il a été parfait avec son frère aîné qui est mort dans ses bras, parfait pour son second frère qui rendit le dernier soupir sur son cœur...

Capitaine Blunt l'interrompit ici, et dit avec gravité :

— Vous oubliez, monsieur, que je viens de très loin. Parlez-moi sérieusement pour je puisse vous comprendre clairement. Je ne sais pas si vous avez voulu insinuer quelque chose au sujet de ce double décès.

— Moi ! s'écria ce bon M. Chanut, que le ciel m'en préserve ! Deux maladies incurables, à ce qu'il paraît, *galantuomo* d'ailleurs ! *galantuomo* jusqu'au bout des ongles !

Capitaine Blunt fronça le sourcil. M. Chanut poursuivit.

— La première fois que le comte Pernola vint à Paris, j'entends depuis certaine histoire ancienne qui eut lieu à l'hôtel Paléologue, ce fut pour donner un bon conseil à la marquise de Sampierre. Celle-ci, qui est un vrai gâteau de femme, n'avait pas encore songé à faire interdire M. le marquis, son mari.

— Le marquis est réellement fou ?

— Pour cela, oui ! comme la première médaille de Charenton ! Le comte Pernola mit ordre à cette affaire.

— Je n'y vois point de mal, fit observer Blunt.

— Et moi, donc !

— La seconde fois, le comte Pernola amena avec lui un célèbre médecin de Sicile. Voici pourquoi : Le jeune comte Roland, fils du marquis et de la marquise de Sampierre, âgé de vingt ans et fiancé dès l'enfance à cette belle Charlotte d'Aleix, était l'unique héritier de l'immense fortune de la famille, puisque Domenico, son frère cadet, avait disparu... Je puis vous raconter cette histoire-là, si vous voulez.

— Ne nous égarons pas. Il s'agit du frère aîné.

— A vos ordres ! Le comte Roland, brillant garçon du reste, n'était pas de forte santé. Le docteur sicilien le traita et il mourut.

— Oh ! fit Blunt, dont le regard interrogea son compagnon.

Celui-ci ne broncha pas et ajouta :

— Le comte Pernola fut très utile pour les détails de la cérémonie funèbre. Mme la marquise, tout entière à sa douleur, n'eut à s'occuper de rien.

— Voyons ! dit le capitaine Blunt, chez qui apparaissaient des signes d'impatience, vous voulez me faire entendre qu'il y eut des soupçons ?

— Pas l'ombre ! parole d'honneur !.... seulement, tous les Italiens mazarinent plus ou moins. C'est dans leur sang. Ce doux Pernola eut l'idée de mazariner. La marquise avait à peu près l'âge et la corpulence d'Anne d'Autriche, régente. Le *galantuomo* lui laissa comprendre qu'il la trouvait encore très aimable et sollicita l'emploi de premier ministre consolateur. Cela ne prit pas. La pauvre femme, malgré son embonpoint florissant et le goût enfantin qu'elle montre pour les plaisirs bruyants, est une manière de martyre. En sa vie, elle a énormément souffert. Il n'y a plus en elle qu'une passion, ou plutôt une idée fixe et impossible : retrouver son fils Domenico. Elle court après le berceau qui disparut, il y a maintenant près de vingt ans...

— Absurde ! fit capitaine Blunt qui haussa les épaules en tournant la tête.

M. Chanut le regarda du coin de l'œil et répéta :

— Absurde, c'est le mot... Pernola refusé, n'eut garde de se fâcher. Il voyagea, chargé des intérêts de son opulente cousine, en Roumanie et en Sardaigne, les poches pleines de procurations générales et spéciales...

— Et il est revenu ?

— Plus aimable et plus obligeant que jamais.

— Il n'y a plus personne à interdire je suppose ?

— Ni à soigner.

— Savez-vous ce qu'il veut ?

— Carlotta d'Aleix va prendre ses dix-neuf ans ; je croyais avoir eu déjà l'honneur de vous le dire. Et M. le comte est toujours garçon.

M. Chanut serra ses deux lettres et croisa ses mains sur ses gnoux en homme qui a gagné sa journée.

Il y eut un silence. Capitaine Blunt restait pensif.

— Mon cher monsieur, dit-il enfin, chaque pays a sa mode. Là-bas, nous n'aimons pas les devinailles. Faites-moi l'amitié de me regarder. Est-ce que je ressemble à un homme qui lâche de bon argent pour des paroles creuses ?

M. Chanut comptait sans doute l'obéissance au nombre de ses vertus, car il fixa aussitôt sur l'Américain un regard intense et perçant.

— Capitaine, répondit-il, je vous ai déjà regardé. Vous ressemblez comme deux gouttes d'eau à quelqu'un... Mais à qui ? Voilà ! Ma mémoire est en défaut. Je vous ai vu, j'en suis sûr. Où et quand ? Je n'en sais rien. Vous plaît-il de m'aider ?

— Non, répliqua Blunt, pas maintenant.

— A votre aise. Quant au travail que je viens de vous soumettre, c'est une simple préface. Vous êtes gâtés, là-bas, en Amérique. Votre police fait tourner les tables. Nous autres observateurs français, nous n'avons pas la prétention d'être des sorciers comme vos *detectives* de New-York... Et puis...

— Et puis ?

— Capitaine, je n'ai pas encore vu la couleur de vos dollars.

— Ils sont jaunes, repartit Blunt durement.

— Pas possible ! fit M. Chanut.

Il tendit sa main ouverte et ajouta :

— Montrez voir !

Capitaine Blunt découvrit ses larges dents blanches en un rire franc et bref. Il tira de sa poche et posa bruyamment sur la table une pleine poignée de louis en disant :

— Voilà ! Comment les trouvez-vous ?

— Je sais deux petites anecdotes... commença aussitôt M. Chanut en clignant de l'œil.

— Y est-il parlé du n° 5 ?

— Dans la première, oui, beaucoup.

— Et du n° 1 ?

— Un peu... toujours dans la première.

Les yeux de capitaine Blunt brillèrent. Il fit le geste de pousser l'or vers M. Chanut.

Avant que l'autre pût répondre, un léger bruit vint de la chambre voisine où l'on avait déposé le lit du jeune M. Édouard. Capitaine Blunt se leva aussitôt et gagna la porte en marchant sur la pointe des pieds.

— Il s'est retourné dans son lit, dit-il en revenant, mais il dort toujours. De quoi s'agit-il dans votre seconde histoire ?

M. Chanut étendit la main vers la porte entr'ouverte et répliqua :

— Il s'agit de lui,

— D'Édouard ! s'écria Blunt, qui n'essaya même pas de cacher son étonnement.

M. Chanut fit un signe de tête affirmatif, puis il ajouta :

— Et de vous.

Capitaine Blunt poussa l'or vers lui d'un mouvement lent et en quelque sorte réfléchi. Son front était plissé, son regard grave.

— Ceci, dit-il, est par-dessus notre marché

Et pendant que M. Chanut empochait l'argent, capitaine Blunt baissa tout à coup la voix pour ajouter :

— Dans votre propre intérêt, mon camarade, faites bien attention à mes paroles : Paris nous entoure, c'est vrai, mais il n'entre pas ici. Au dehors, c'est la loi française ; au dedans, il n'y a que ma volonté, à moi qui n'ai point de loi. Voyons vos histoires.

XVI

N°s 2, 3, 4

M. Chanut, qui avait écouté avec déférence et attention, salua poliment.

En vérité, il n'avait pas l'air ému le moins du monde par la menace américaine de son singulier client.

— Capitaine, dit-il sans rien changer à son accent, permettez-moi une humble question : Que diriez-vous d'un quidam qui suivrait, là-bas, vos sentiers de guerre en bas de soie et en escarpins vernis ? Eh bien ! moi je trouverais cela moins drôle que de brandir la hache indienne dans une forêt vierge en chambre comme la vôtre. Quant vous connaîtrez mieux Paris, vous ne prendrez plus jamais la peine de menacer un pauvre homme de ma sorte qui s'est battu pendant vingt ans contre des bêtes, moins grosses, il est vrai, que vos buffles et vos ours, mais plus féroces, et cela sans autre récompense qu'un peu de pain et beaucoup de honte; car Paris est toujours du parti de Mandrin contre la maréchaussée. A Paris, aucun honnête homme ne touche la main d'un inspecteur de police — jamais !

Ceci fut dit sans amertume ni fanfaronnade

C'était net, c'était simple comme la vérité.

Pour la seconde fois, le sourire de Blunt montra toute la rangée de ses fortes dents.

— Je crois que vous avez raison, mon camarade, répliqua-t-il avec une égale simplicité. J'ai eu tort. Au pays d'où je viens, il y a trop de bandits et il n'y a pas assez de gendarmes pour que les honnêtes gens hésitent entre les deux. Là-bas, nous sommes avec les gendarmes, et je vous prie d'accepter mes excuses.

En même temps, il tendit la main à M. Chanut, qui tarda à donner la sienne.

Il faudrait beaucoup de paroles pour traduire le regard échangé entre ces deux hommes.

La joue de M. Chanut était rouge, quand il donna enfin sa main.

Blunt la secoua rondement et répéta, mais sur un tout autre ton que la première fois :

— Voyons vos deux histoires.

M. Chanut commença aussitôt :

— La première est d'hier. Ne me demandez pas de qui je la tiens : chaque métier a ses secrets.

La scène va se passer dans une maison de Ville-d'Avray, située sur la lisière du Bois de Fausse-Repose. Ce terrible chasseur de chevelures, le vicomte de Mœris, avait eu cette maison en location deux ans de suite. Il y menait assez joyeuse vie. On y fit la vente de ses meubles à la fin de l'été dernier.

Cette villa est, du reste, bien connue à Ville-d'Avray sous le nom de la Folie-Gaucher. Elle a été bâtie sur les débris d'une « petite maison » appartenant jadis à un financier folâtre, et l'on voit encore à l'intérieur quelques reliques galantes, entre autres une « chambre sans fenêtres ».

C'est aujourd'hui lundi. Mardi dernier, le surlendemain du jour où le jeune maitre Edouard reçut son coup de couteau, un monsieur, en quête d'une maison de campagne pour la saison, se présenta chez le jardinier-concierge de la villa dont je parle et parut contrarié quand il apprit qu'une jeune dame fort élégante avait emménagé depuis un mois.

Elle était absente, pour le moment, chassée par les pluies de la première quinzaine d'août, mais on l'attendait, au plus tard, le jeudi suivant.

Le lendemain, dans la nuit du mardi au mercredi, vers onze heures, le chien du jardinier hurla, mais il se tut presque aussitôt après, et le jardinier, à demi-éveillé par cette alerte, se rendormit.

Le jardinier eut tort de se rendormir; son chien était de bonne garde.

Il y avait trois hommes dans le jardin. Un de ces hommes caressait familièrement le chien avec lequel il paraissait être en très bons termes. Ce fut ce même homme qui introduisit les deux autres dans la maison par une porte latérale donnant accès à l'intérieur de la salle de billard.

Cela se fit tout naturellement. L'homme avait l'air d'être chez lui.

D[illegible], les trois compagnons passèrent sans diffi[illegible] le vestibule et montèrent l'escalier tout [illegible]ment, — si doucement qu'on aurait dit qu'ils marchaient pieds nus.

Ils s'arrêtèrent sur le carré du premier étage. Celui qui avait ouvert le billard, dit :

— Voici mon ancienne chambre à coucher.

Il tourna le bouton et entra. Les deux autres le suivirent.

— Qui a la lanterne ? demanda-t-on.

— C'est moi, répondit la voix d'un tout jeune homme qui avait un peu l'accent anglais.

— Allume !

La lanterne allumée éclaira M. le vicomte de Mœris, Achille Moffray et le serrurier Donat, dit Mylord ou Torticolis.

Tous les trois avaient des bas de laine par-dessus leurs bottes.

C'était Moffray qui était venu la veille, sous prétexte de louer, mais en réalité pour constater l'absence de la locataire.

C'était Mœris qui avait caressé le chien et ouvert le billard.

La chambre à coucher, arrangée avec coquetterie, semblait sortir des mains du tapissier. L'ameublement, tout parisien, brillait de fraicheur. Il y avait une alcôve au devant de laquelle les rideaux fermés tombaient avec les plis du neuf et comme si les embrasses ne les avaient encore jamais relevés.

Vous connaissez Mœris et Moffray qui portent les n° 2 et 3.

Le n° 4, Donat, dit Milord serait une manière d'Antinoüs sans une légère déviation du cou qui lui a valu son second sobriquet : *Torticolis.* Même étant donné ce défaut, c'est encore un beau gars avec sa figure toute pâle, coiffée d'une profusion de cheveux blonds. Son aspect est froid, son regard est très doux, mais hardi par moments, jusqu'à faire frayeur. Ce n'est vraiment pas le premier venu.

C'est à peine s'il a l'accent de Londres ; ses mains ne sont point celles d'un ouvrier.

Entre Moffray, le Mercadet tombé plus bas qu les trottoirs et ce faux métis de la Savane, Mœris, qui se fait une tête avec les rocamboles du capitaine Mayne Reid, ce petit drôle de Mylord a presque l'air de quelqu'un.

Tous les trois regardèrent la chambre.

— Ce n'est pas mal, ici, dit Moffray. Vicomte, tu étais bien logé.

Mœris caressait sa barbe redoutable avec mélancolie.

— Avoir presque conquis le Nouveau-Monde, murmura-t-il, et regretter de pareilles bagatelles !

— Ma parole ! reprit Moffray, ce métier de voleur à la bonne franquette est bassement calomnié. C'est plus sûr et moins fatigant que de se creuser la cervelle à trouver des combinaisons financières qui ratent toujours faute de capitaux. Quand on n'a pas l'habitude, on se fait des monstres, mais, au fond, ce n'est rien du tout, une expédition comme ça ! N° 1 et n° 5 sont des imbéciles de nous avoir brûlé la politesse. Ils avaient été convoqués tous les deux.

— On dit que N° 1 s'est laissé mettre la main dessus, dit Mylord, il est en prison.

— En prison ! s'écria Mœris, ça nous déshonore ! Rayé le N° 1 !

— Et ce pauvre Fiquet, ajouta Moffray, est capable de ne pas avoir eu vingt-cinq sous pour prendre le train.

— Ça nous humilie ! décida encore le terrible Mœris. Rayé Fiquet ! Cassés les N°s 1 et 5 ! supprimés, dégradés ! Défense expresse de prononcer leurs noms voués à l'infamie ! La tête et la queue ont disparu : il reste le cœur !... Ce secrétaire en bois de rose demande à être visité. N° 4, à la besogne ! et faisons vite, j'ai faim.

— Et moi, soif, ajouta Moffray.

Mylord tira de sa poche une petite trousse coquette comme celle d'un dentiste à la mode, et y choisit un outil.

Le crochetage du secrétaire commença aussitôt. Mylord était fort adroit pour son âge et opérait avec l'aplomb d'un vétéran.

Mœris et Moffray s'étaient mis à leur aise sur le canapé. Ils avaient allumé des cigares. Il y avait dans leur calme la fanfaronnade du conscrit dont la première affaire n'est pas dangereuse. Mœris disait :

— Il faisait plus chaud aux mines ! Dame ! Evidemment, nous ne trouverons pas ici tout l'or du Sacramento, mais aussi quel jeu d'enfant ! Et en définitive, qu'est-ce qu'il nous faut ! Une mise, une simple mise. Ce serait bien le diable si nous ne récoltions pas deux ou trois billets de mille francs pour le baccarat de l'hôtel de Sampierre !

— Moi, répliqua Moffray, j'ai bonne idée. C'est cossu, ici, et sans faux bibelots. Nous sommes chez une femme sérieuse... Mais je n'en reviens pas ! Ce métier-là, quand on prend bien ses précautions, est bête à force d'être facile...

— Voilà ! fit Mylord, vainqueur de la serrure. Donnez-vous la peine d'inspecter les tiroirs !

Mœris et Moffray n'eurent pas le temps de crier bravo, car ce fut à ce moment du triomphe que la foudre choisit pour tomber. Je dis la foudre.

Nos trois associés entendirent d'abord un bruit sourd qui ressemblait à une toux étouffée, puis un fil de fer grinça et deux violents coups de sonnette retentirent, l'un au rez-de-chaussée, l'autre à l'étage supérieur.

— Pincés ! dit Mylord tranquillement.

Mœris, renommé pour sa vaillance, ajouta du fond de sa barbe :

— Éteins la lampe et sauve qui peut !

C'était le malheureux Moffray qui tenait la lanterne. A son impertinente sécurité, la paralysie de la peur succédait.

Mœris gagnait déjà la porte au pas redoublé, et Mylord, s perbe de sang-froid, tournait le bouton, quand une voix de femme, un peu émue, mais très rieuse, se fit entendre derrière les rideaux de l'alcôve.

— Messieurs, messieurs, dit-elle, ayez la bonté de rester, vous rencontreriez mes gens dans l'escalier !

Un bruit confus emplissait déjà la maison. La voix reprit :

— Ce n'est pas ma faute, la fumée du tabac me fait toujours tousser, et vous conviendrez que cette quinte rendait ma position délicate...

Les rideaux s'ouvrirent ; sur le lit, il y avait une femme, coiffée de magnifiques cheveux noirs, captifs dans un filet de nuit, et qui cachait son visage derrière un voile de dentelles.

Vous vous doutez de la figure que faisaient Mœris et Moffray. Mylord, au contraire, était de marbre. La dame poursuivit encore, et son accent respirait une véritable bonne humeur :

— Jetez vos cigares, allumez des bougies, dissimulez vos lanternes et ôtez vos bas de laine... plus vite que cela ! on arrive !

On arrivait en effet. La porte s'ouvrit brusquement, donnant passage à un valet et à une servante, qui s'arrêtèrent tout étonnés sur le seuil.

Mylord seul avait obéi aux prescriptions de la châtelaine en allumant prestement les bougies. Mœris rabattait son pantalon ; Moffray n'avait ôté qu'un de ses bas.

— Germand, dit la dame au valet, vous allez servir à souper en bas, dans la chambre ronde. Ces messieurs excuseront la pauvreté du menu. Ils savent que je suis installée d'aujourd'hui seulement... Félicité, mettez le couvert et vous reviendrez m'habiller ensuite... Allez.

— Comme cela, mes chers messieurs, reprit la châtelaine, les apparences sont sauves ou à peu près et nous allons causer tout à notre aise en mangeant un morceau.

Nous interrompons ici l'histoire de M. Chanut pour dire que capitaine Blunt n'était pas seul à l'écouter. Depuis quelques instants, Edouard, le dormeur de la pièce voisine, avait quitté le lit de camp où, naguère, il reposait tout habillé.

Il tremblait un peu sur ses jambes, mais sa lèvre joyeuse souriait.

Il s'était approché de la porte et là, derrière le battant demi-fermé, il prêtait l'oreille avec plus d'attention que capitaine Blunt lui-même.

XVIII

LE SOUPER

Il y avait maintenant huit jours que maître Edouard, notre jeune premier du saut de loup, gardait le lit, prisonnier de sa blessure. Dans ce logis bizarre, où les domestiques manquaient, capitaine Blunt avait d'abord fait une garde assidue au chevet de son cher malade, mais, à mesure que le mieux venait, la surveillance s'était ralentie.

Capitaine Blunt avait beaucoup d'affaires, et maître Edouard se serait grandement ennuyé s'il était resté seul dans cette maison ravagée, pendant que son tuteur courait la ville.

Il était encore bien pâle, mais sur son gai visage, toute la confiance téméraire, toute l'aventureuse bonne humeur de la vingtième année étaient revenues. Il avait de ses arrêts forcés par-dessus la tête.

Aussi, ce n'était pas pour écouter aux portes qu'il avait quitté son lit, car son premier mouvement avait été de se glisser en riant vers la sortie, et il avait un peu l'air d'un homme habitué à ce manège.

Evidemment, ce n'aurait point été ici sa première escapade.

Mais une parole entendue, un nom peut-être l'avait arrêté au passage et, depuis lors, il restait coi dans sa cachette.

M. Chanut, cependant, sans se douter que son auditoire eût doublé, continuait son récit de la sorte :

— Germand et Félicité, en domestiques bien appris, se retirèrent sans répliquer, mais le diable n'y perdit rien. Au bas de l'escalier, Félicité dit :

— Ah ! mais, ah ! mais excusez !

— C'est tout de même cocasse, répliqua Germand.

— Madame au lit ! Trois hommes dans la chambre...

— Et ça embaumait la pipe !

— Et madame qui avait recommandé de ne recevoir personne !

— Par où le beau petit de tantôt est-il sorti ?

— Et par où ces trois là sont-ils entrés ?

— C'est une drôle de maison, Mlle Félicité !

— M. Germand, c'est même une maison étonnante !

Il paraîtrait que, dans cette même journée, « un beau petit » était venu qu'on avait vu entrer, mais non point ressortir.

Mlle Félicité et M. Germand allèrent chacun à son ouvrage.

Dans la chambre à coucher, la mystérieuse châtelaine était restée seule avec nos trois voleurs de nuit si bizarrement transformés en convives. Ils n'avaient pas bougé de place. Le sauvage Mœris faisait pitié derrière sa grande barbe. Moffray cachait toujours sa botte chaussée derrière sa botte nue. Mylord s'était mis à l'aise dans un fauteuil. Il attendait.

La dame restait à l'abri dans son mouchoir brodé.

Elle regardait ses hôtes et semblait réfléchir.

— N° 4 ! dit-elle tout à coup.

— Présent, répondit Mylord qui se leva paisiblement.

— Pourriez-vous refermer mon secrétaire comme vous l'avez ouvert ?

— Oui, madame.

— Voyons cela, si ce n'est pas abuser de votre complaisance.

Mylord s'exécuta aussitôt. Les grands artistes ne se font jamais prier.

— Bravo ! fit la dame, c'est très bien joué. Je m'embrouille un peu dans les deux autres numéros. Est-ce le vaillant vicomte qui a le 3 ?

Mœris tressaillit en s'entendant ainsi désigner par son titre. Il ne répondit pas.

— Non ? reprit la dame. Alors c'est Moffray ?

Celui-ci à son tour, dressa l'oreille.

— Et Mœris, le Sagamore, continua la châtelaine, a le n° 2. Comme cela, nous y sommes ! Nous nous occuperons à table des n°s 1 et 5, qui brillent par leur absence... Voyons, messieurs, pourquoi cet air désolé? Vous avez soif, vous avez faim, on va vous servir à manger et à boire. C'est un conte de fée, vraiment. Passez au salon et reprenez votre gaieté ; qui sait ? Peut-être que la fée a besoin de vous, et va vous combler des plus riches présents.

Ils saluèrent avec empressement et prirent la porte qu'elle leur montrait en souriant.

Moffray n'ôta son second bas que dans l'escalier.

— Elle nous connait, dit-il, et elle se moque de nous !

— Qui diable ça peut-il être ? demanda Mœris. Une femme du monde ?

— Ou une cocotte ? répliqua Moffray.

Mylord ne disait rien.

Mœris avait repris pour un peu son air terrible.

— *Caspita !* gronda-t-il. J'aimerais mieux avoir affaire à une douzaine d'*Indios bravos !* Tomber sur une femme ou dans un guêpier, c'est la même chose ! En tous cas, nous ne tarderons pas à savoir ce qu'est celle-là, puisqu'elle soupe avec nous... Ça commence drôlement tout de même.

Au salon, qu'ils trouvèrent éclairé, Mœris et Moffray s'installèrent devant les glaces pour réparer le désordre de leur toilette. Mylord, des pieds à la tête, était en ordre. Il se plongea dans un fauteuil.

Au bout de dix minutes, on entendit un pas léger dans le vestibule.

— Je tiens toujours pour la cocotte, dit Moffray.

— Moi, pour la femme du monde, répliqua Mœris : je m'y connais !

Ils commençaient à se retrouver.

La porte, en s'ouvrant, montra une taille élégante, jeune, toute gracieuse ; la figure disparaissait sous un loup de bal masqué.

— Grande dame ! murmura le vicomte.

— Cocotte ! riposta Moffray.

Ils s'inclinèrent très correctement tous les deux, et Mylord se leva pour joindre son salut aux leurs.

La châtelaine vint droit à lui.

Elle lui prit le bras en disant aux deux autres.

— C'est le seul étranger, je lui fais les honneurs.

Mylord ne manifesta ni plaisir ni peine en sentant le bras de la dame sous le sien. Celle-ci passa la première et dit en gagnant la fameuse « chambre ronde » :

— Il est juste que vous sachiez comment je m'appelle, car je crois que mon concierge a oublié de le dire à M. Moffray, quand il a pris la peine de venir, hier, aux informations. Je suis Madame Marion, une parisienne de province ou d'ailleurs. Je passe pour veuve. J'ai quelques petites rentes : Juste assez pour recevoir mes amis avec tout plein de plaisir. Placez-vous comme vous voudrez. Vous êtes chez vous, et le vicomte sait bien que ces chambres sans fenêtres sont une des plus jolies inventions du bon vieux temps. Dès que les portes sont fermées, on y est admirablement seul.

Chacun s'assit. La glace eut d'abord quelque peine à se rompre, mais Mme Marion était de si bonne humeur ! Au premier verre de vin, Moffray vit une éclaircie dans le noir de la position ; au troisième, cet effrayant tueur de Peaux-Rouges, Mœris lançait à la châtelaine des œillades qui essayaient de mettre le feu à son masque.

Mylord ne buvait que de l'eau rougie.

— Alors, dit Mœris en un moment où Germand

était à l'office, vous nous connaissez un peu, chère madame ?

— Parfaitement, à l'exception du n° 4. Pauvre vicomte ! après avoir chassé des jaguars, des ours gris et des nez-percés !... je ne peux pas dire que je vous attendais, mais...

— Vous pensiez à moi, belle dame ?

— Hier soir, oui, c'est vrai, en m'endormant... Et à Moffray... Vous étiez deux garçons très bien lancés.

Mœris pris une pose et demanda :

— Je voudrais bien savoir si je vous ai fait la cour en ce temps-là ?

Mme Marion se mit à rire.

— Et moi ? demanda Moffray.

Au lieu de répondre, Mme Marion regarda Mylord et poursuivit :

— Lui, au moins, je ne le connais pas !

Qu'elle fût cocotte ou grande dame, c'était sanglant.

Il y eut un silencee. Germand revenait avec un plat dans chaque main.

Mylord n'avait pas encore prononcé une parole...

— Faites attention à ce petit-là, capitaine, interrompit ici M. Chanut, je vous le donne pour un drôle de corps.

Après le dessert, et quand Germand se fut retiré définitivement, Mme Marion prit la parole.

— Messieurs, dit-elle, le proverbe ment : il y a de sots métiers. Votre début dans celui-ci n'a pas été brillant. Vous aviez cependant des atouts plein votre jeu. Le vicomte avait gardé une clé de la porte qui donne sur le bois, il savait comment on ouvre le billard, et il entretenait de bonnes relations avec Jules, le chien de mon concierge. Vous avez choisi là une profession épineuse, et qui exige beaucoup de talent.

Mylord fit un signe d'assentiment plein de gravité.

Mœris et Moffray dirent d'une même voix :

— Choisi n'est pas le mot !

Et le vicomte ajouta :

— Avez-vous un autre métier à nous offrir, madame ?

— Peut-être. Savez-vous ce qu'il y a dans mon secrétaire ? Une rame de papier Susse, deux boîtes de photographies, trois bâtons de cire à cacheter et des enveloppes.

— Ça arrive, dit Mylord qui était très sérieux. On se casse les dents sur une noix creuse.

— Alors, demanda la châtelaine, vous n'en êtes pas à vos débuts, vous, mon jeune cavalier ?

— Non, madame, j'ai déjà exercé.

— Et cherchiez-vous aussi dans mes tiroirs une mise pour le baccarat de l'hôtel de Sampierre ?

— Non, madame, je ne joue jamais, parce que je ne sais pas bien filer la carte.

Ces derniers mots, dans leur concision, contenaient un traité complet du baccarat qui sembla réjouir la châtelaine.

— Que cherchiez-vous ? demanda-t-elle.

Mylord répondit poliment :

— Des capitaux et de l'expérience. J'ai étudié la

théorie sous le docteur Jos. Sharp, de Londres, et je commence mon tour d'Europe, comme cela se doit, pour me faire à la pratique.

— C'est un médecin, ce docteur Jos. Sharp

— Non madame, c'est un voleur.

— Et on apprend dans sa classe?...

— Tout ce qui peut servir à un libre preneur, madame, depuis l'adresse des mains jusqu'à la jurisprudence et la philosophie.

En parlant ainsi, Mylord avait cet air décent, discret, modeste et même un peu puritain de J.-J. Rousseau à sa première entrevue avec sa bienfaitrice.

— C'est merveilleux, dit Mme Marion. Et d'une franchise! Quel pays que l'Angleterre! Dites-moi, est-ce aussi le docteur qui vous a renseigné l'art de jeter vos petits secrets à la tête du premier venu?

— Madame, répliqua Mylord doucement, vous n'êtes pas la première venue. Si vous étiez la première venue, vous nous auriez fait arrêter, au lieu de nous inviter à souper avec vous. Au cas où il vous plairait d'être des nôtres, comme je l'espère, il y a deux places à prendre: le n° 1 et le n° 5. Vous pouvez choisir.

La châtelaine eut un joli rire argentin sous son masque, et répondit:

— Jamais je n'ai rencontré un jeune homme si bien élevé que vous. J'accepte sans compliments et même je prends les deux places, savoir: le numéro 5 pour moi et le numéro 1 pour un prince de mes amis, qui désire garder l'anonyme.

XIX

GRANDEUR DE TORTICOLIS

M. Chanut continua :

— C'est bientôt fini et j'abrège. J'ai voulu vous montrer seulement que le vicomte Mœris-Croque-Mitaine et même le manieur d'affaires Moffray ne sont que des mannequins auprès de ce singulier petit bonhomme, Mylord, dit Torticolis.

L'offre de la châtelaine proposant d'entrer dans l'association fut acceptée à l'unanimité. Mylord demanda ingénument :

— Madame, savez-vous, parmi vos connaissances, un meuble où il y est autre chose que du papier Susse, des photographies et de la cire à cacheter ?

— Avant tout, répliqua Mme Marion, réglons les grades. Qui commande parmi voue ?

— Personne, répondit Moffray.

— Tout le monde alors ? C'est mauvais : il faut un chef.

— Soyez le chef ! s'écria Mœris. Moi, d'abord, je ne saurais pas obéir à un homme.

Les deux autres approuvèrent.

La châtelaine promena son regard autour de la table.

Elle sembla se recueillir et son accent avait changé, quand elle reprit :

— Mes chers messieurs, nous allons convenir de nos faits ; il y a une heure, vous alliez tête baissée, jouant contre une bagatelle, avec mille chances de perdre, le va-tout de votre désespoir. Je vous prends au plus bas de votre chute, je vous tends la main, je vous relève et je vous dis : Voler de l'argent dans une poche ou dans un tiroir est chose stupide. Pour quelques louis, on risque ainsi le bagne. Avec moi, je ne prétends pas que le danger soit absent : rien pour rien, c'est la loi de tout commerce, mais, d'un côté, le danger diminue considérablement, de l'autre le bénéfice augmente dans d'énormes proportions. Vous le comprendrez quand j'ajouterai que je cours les risques de l'entreprise, moi qui suis riche, noble et *honnête*. J'appuie sur ce dernier mot qui a trait au monde et non point à ma conscience. La conscience est un luxe, l'opinion du monde est le nécessaire. Je suis honnête puisque je passe pour telle...

— Mathématique ! interrompit Moffray.

Mylord leva le doigt pour réclamer le silence. Littéralement, il buvait ces sages paroles.

Mme Marion continua :

— J'exigerai de vous deux choses : obéissance complète, confiance absolue. Vous suiviez des quantités d'affaires impossibles ou véreuses ; à dater d'aujourd'hui, vous n'avez plus qu'une affaire...

— Il faut vivre, objecta Moffray.

— Vous ne vivez pas, prononça sèchement la châtelaine.

Moffray fit un geste de méchante humeur. Dans sa barbe, Mœris, roi des forêts vierges, n'avait pas l'air content.

Au contraire, les yeux limpides de Mylord exprimaient une satisfaction réfléchie.

— Moi, je suis prêt, dit-il. Je devine une vraie campagne. C'est ce que Jos. Sharp appelait une machine de philosophie régulière !

— C'est un drame, répliqua la châtelaine, et aussi une comédie ; le scénario en est combiné avec soin. Rien n'y manque. Les premières scènes, celles que je pouvais jouer moi-même et toute seule, au moyen des artifices connus au théâtre, tels que changements de noms, travestissements, etc., ont déjà réussi, comme cela devait être. J'arrivais justement à l'heure où le besoin d'acteurs nouveaux se faisait sentir ; vous voilà, je vous engage : préparez-vous à faire votre entrée.

— Nous demandons à voir nos rôles, dit Mœris.

La châtelaine le regarda en dessous et dit :

— Vicomte, dans votre vie d'aventures au delà de la mer, vous avez accompli des actes d'intripidité extraordinaires, on dit cela.

— Il y a donc des coups à recevoir dans la pièce ? gronda Mœris d'un air maussade.

— Ils sont payés à part, répliqua Mme Marion, ainsi que les exemples d'écriture. Vous avez des talents en calligraphie, monsieur Moffray ?

L'homme d'affaires fit la grimace et murmura :

— Qu'est-ce qu'on gagne à votre théâtre.

Mme Marion répondit :

— Cent mille francs, plus les feux.

Cela fit l'effet d'une explosion. Les deux Parisiens bondirent sur leurs sièges, et le muscle qui n'était pas à sa place dans le cou de Mylord tira sa tête de côté comme si une main l'eût saisi aux cheveux.

C'était chez lui le signe d'une profonde émotion.

Puis, la réflexion venant à l'encontre de ce grand éblouissement qui les avait aveuglés, Mœris et Moffray se regardèrent.

La châtelaine surprit ce regard où il y avait de l'incrédulité.

Elle sourit et mit sa belle main blanche sur le bras de Mylord.

— Mon bachelier, dit-elle, si ces messieurs ont peur, ou défiance, nous jouerons seuls, nous deux.

— Et nous gagnerons, madame !

— Comment ! bossu d'Anglais !... s'écria le fort Mœris qui leva la main.

Mais il n'acheva pas et sa main retomba parce que l'autre l'avait regardé dans les yeux.

Mylord dit :

— Monsieur le vicomte, une fois pour toutes, quand vous vous adresserez à moi, je vous engage à ne jamais oublier que vous parlez à un gentleman. Je suis plus fort que vous, plus adroit que vous et plus brave que vous... Pour ce qui concerne M. Moffray, j'ai eu le prix d'honneur à l'école Sharp dans la classe supérieure des faussaires. Acceptez vite tous les deux, croyez-moi, car on peut se passer de vous.

— Quel bijou ! dit Mme Marion ; et comme il appelle les choses par leur nom ! Messieurs, je ne crois pas que vous ayez à vous plaindre de moi. Vous êtes libres. S'il vous plaît de vous en aller comme vous êtes venus, je m'engage à ne point ébruiter votre étourderie de cette nuit.

Elle recula son siège de cet air négligent qui ponctue si bien un congé poliment signifié ; Mœris n'était mauvaise tête que dans les pampas.

— On me connaît, dit-il d'un ton radouci : j'ai fait assez souvent mes preuves... Si encore nous savions qu'elle doit être notre besogne ?

Mme Marion répliqua :

— Vous ne saurez rien ce soir ; il n'entre pas dans mes vues que vous soyez instruits maintenant. Vous entendrez parler de moi à mon heure. Vous travaillerez quand et comme je voudrai. Oui ou non acceptez-vous ?

— Parbleu ! firent ensemble Mœris et Moffray.

— Alors, mes chers messieurs, l'affaire est faite, c'est comme si nous avions échangé nos signatures, et je ne vous retiens plus.

Elle s'était levée.

— Vous, je vous garde, ajouta-t-elle en tendant la main à Mylord.

Celui-ci ne rougissait jamais, et c'était une particularité de cette étrange physionomie. On eût dit qu'il n'y avait point de sang sous sa peau. Il répondit avec simplicité :

— Chez Jos. Sharp, nous appartenions à la congrégation méthodiste consolidée du troisième ordre de purification. Excusez-moi, madame, je craindrais de rester seul, à pareille heure, avec une personne de votre sexe.

Pour le coup, les Parisiens éclatèrent de rire bruyamment, mais la châtelaine resta sérieuse.

Elle regardait avec un étonnement plein de curiosité ce jeune homme à la fois naïf et très avancé dans la science du mal, qui marchait tête levée sur la route de la honte et parlait de pudeur avec des yeux effrontés.

— Vous ne jouez pas, pensa-t-elle tout haut, vous êtes sobre comme un trappiste et sage plus qu'une demoiselle... Alors, pourquoi volez-vous ?

— Pour moi, répondit Mylord.

Mme Marion fit signe aux deux autres de s'éloigner.

Mylord resta, abrité derrière son mot, grand comme celui de Médée.

L'entrevue dura dix minutes au plus.

Voici quel en fut le résultat :

Le lendemain, vers la brume, une voiture de place s'arrêta rue du Bac, devant la porte des Missions-Etrangères. Un jeune homme descendit et entra à l'Eglise.

Une femme restait seule à l'intérieur du fiacre dont les stores étaient fermés. Elle attendit. C'était Mme Marion.

Le jeune homme, qui était notre ami Donat, dit Mylord, revint au bout d'un quart d'heure et dit en rentrant dans le fiacre : « C'est fait, et bien fait. »

M. Chanut s'arrêta sur ce mot.

— Et après ? demanda Blunt.

— C'est tout.

— Qu'est-ce qui était fait ?

— Je n'en sais rien... Faut-il passer à la seconde histoire ?

Capitaine Blunt restait pensif.

— Attendez ! dit-il brusquement, je vais donner un coup d'œil à notre malade.

Il se leva et gagna la porte de l'autre chambre avec les mêmes précautions que la première fois.

M. Chanut le suivit en ajoutant tout bas :

— Je vous ai raconté cela, capitaine, parce que vous cherchiez dans Paris une femme...

Blunt se retourna d'un mouvement si vif que M. Chanut eut la parole coupée.

Leurs regards se choquèrent.

Celui de l'Américain était de nouveau menaçant.

— Qui vous l'a dit ? demanda-t-il.

— Nous avons l'habitude, répliqua Chanut d'un ton pacifique, de prendre des renseignements sur nos clients inconnus, c'est commandé par la plus simple prudence.

— Et que savez-vous sur moi ?

— Ma seconde anecdote vous le dira.

— J'ai hâte de l'entendre, celle-là ! fit Blunt qui poussa la porte et entra chez le blessé.

Un cri d'étonnement lui échappa.

Il n'y avait plus personne sur le lit de camp, et la chambre était vide.

Capitaine Blunt baissa la tête.

— Il ne m'avait jamais désobéi ! murmura-t-il douloureusement.

— Croyez-vous ? demanda M. Chanut qui était tout près de lui ; moi, je n'en jurerais pas. Il a vingt ans et nous sommes à Paris. S'il vous plaît d'aller à sa recherche, je puis vous dire où vous le trouverez.

— Parlez ! s'écria Blunt.

M. Chanut répondit sans se faire prier :

— Il est à Ville-d'Avray, maison de la Folle-Gaucher, chez la jeune et charmante châtelaine dont nous n'avons pas encore soulevé le masque.

— Mlle Marion ?

— Marquée n° 5.

XX

LA SECONDE HISTOIRE

Le premier mouvement du capitaine Blunt fut de se jeter dans une voiture et de courir après le fugitif. M. Chanut l'arrêta.

— Un seul mot, dit-il : avez-vous à cœur de réussir dans le projet — ou dans les projets qui vous ont amené de si loin ?

— Mon principal devoir est de veiller sur l'enfant, repartit Blunt dont tout le flegme avait disparu. Il n'a que moi, et il est tout pour moi.

— A l'heure présente, affirma M. Chanut, le jeune M. Edouard ne court aucune espèce de danger, sauf peut-être un redoublement de fièvre, causé par son imprudence. Mme Marion a presque autant d'intérêt que vous à le sauvegarder... Vous avez fait la guerre des prairies, capitaine ?

— Plût à Dieu que j'eusse encore à combattre sur ce terrain-là ! soupira Blunt. Votre Paris me fait peur.

— Il n'y a pourtant, reprit M. Chanut, que l'apparence de changée : du pavé au lieu d'herbe et des Habits-Noirs à la place des Peaux-Rouges. Ici, comme là-bas, l'arme la plus sûre est la ruse, et la suprême tactique consiste à ne se point montrer trop vite. Vous comprenez bien cela, puisque, en arrivant en France, votre premier soin n'a pas été de prendre le jeune homme par la main pour le conduire à sa mère.

— A sa mère! s'écria Blunt, dont le visage exprimait un véritable ébahissement; vous avez donc été en Amérique?

— Jamais! je vous l'affirme.

— Et cependant vous savez tout!

— Tout? répéta Chanut. Vous allez trop loin, capitaine. J'en saurais davantage et ce serait tant mieux pour vous, si vous aviez eu confiance en moi dès l'abord. J'ai dépensé du temps à connaître des choses que vous auriez pu et dû me dire, mais mon travail n'a pas été en pure perte. J'ai découvert...

Il s'interrompit parce que Blunt s'était laissé choir sur son lit et plongeait sa tête entre ses deux mains qui tremblaient.

Le découragement avait quelque chose de terrible chez cette mâle et robuste créature.

— Ce n'est pourtant pas votre fils, prononça tout bas M. Chanut, qui le regardait avec un intérêt mêlé d'inquiétude.

Blunt garda le silence. M. Chanut fronça le sourcil et poursuivit :

— S'il est votre fils, tous mes calculs tombent et je donne ma démission, je vous en préviens!

— Dans l'univers entier, balbutia l'Américain sans relever la tête, je n'ai plus qu'un amour, c'est lui.

— Tous ces aventuriers de Cooper sont des Normands ! grommela M. Chanut irrité contre la profonde émotion qui le prenait en dépit de lui-même. Allons ! debout, capitaine ! je vois bien que, désormais, vous ne m'écouterez plus ici... En route pour Ville-d'Avray ! je vous accompagne.

Blunt se leva tout chancelant.

— Il n'est pas mon fils, dit-il, pendant que M. Chanut l'aidait à descendre l'escalier. Je ne connais ni son père ni sa mère. Je lui ai consacré ma vie à cause de celui que j'aimais plus que moi-même, et qui est mort...

— Assassiné ?

— Oui, lâchement.

— Par qui ?

Les yeux de capitaine Blunt brûlèrent et il répondit :

— Il serait vengé, si je le savais !

Ils étaient dans la rue. M. Chanut appela un fiacre qui passait.

— A Ville-d'Avray ! dit-il.

Puis il reprit, quand la voiture s'ébranla :

— Capitaine, ni vous ni moi nous n'avons le temps de jouer à cache-cache ; j'ai fait ma première communion à la paroisse Saint-Sulpice, et vous ?

Un sourire éclaira le nuage qui couvrait le regard de Blunt.

— Je vous avais reconnu par votre nom mieux encore que par votre visage, dit-il, et il me plaisait d'avoir affaire à vous

— Moi, répliqua Chanut, le nom ne pouvait pas beaucoup me servir puisque vous en avez changé. Vous étiez le fils d'une maison riche, et j'avais une ère bien pauvre.

— Je me souviens de votre bonne mère, ami Vincent, dit encore Blunt.

— Et de mon petit nom aussi, à ce qu'il paraît ? fit M. Chanut, évidemment flatté. Ma mère m'a demandé bien des fois, à moi qui suis censé tout savoir par métier, ce qu'était devenu le beau jeune monsieur qui vint un matin, avec son précepteur, dans notre logis de la rue des Canettes, m'apporter le costume complet des communiants. Ce fut une joie, cela, capitaine : une grande ! Je n'en ai pas eu assez d'autres en ma vie pour que ma mémoire soit surchargée. Je me souviens, non-seulement du costume, mais aussi du jeune écolier qui m'embrassa en me le donnant. Et j'ai commencé à vous reconnaître quand vous m'avez menacé tout à l'heure... Encore un souvenir : je vous avais vu en colère un jour que nos camarades du catéchisme voulaient me battre en m'appelant « le petit mouchard », parce que mon père était mort garçon de bureau à la préfecture. Ah ! saperlotte ; ce n'est pas moi qui fut battu.

— Vincent, prononça tout bas Blunt, vous n'aviez que votre mère. Moi, j'avais mon père, ma mère, mes sœurs, mon frère... Avez-vous encore votre mère, Vincent ?

— Oui, Dieu merci ! Je n'ai pas honte de mon état, mais à ceux qui s'étonneraient du choix que j'en fis, je répondrais : Elle était veuve, elle était pauvre, et voici maintenant vingt-quatre ans que la vieille maman Chanut vit à l'abri du besoin.

— Moi, fit Blunt, je suis seul. Ils sont tous morts.

M. Chanut fit un brusque effort pour supprimer toute marque d'émotion et s'écria :

— Alors, ne songeons qu'à l'enfant, et ouvrez l'oreille, capitaine! Je vous ai dit que ma seconde histoire était la vôtre et celle de votre Edouard. Chacun de nous a dans sa propre histoire des pages qu'il n'a jamais lues. Ce que je vais vous dire, vous l'ignorez, puisque votre frère n'est pas vengé.

Je commence :

Voici cinq ans, à peu près, c'était en 1862, le jeune maître Edouard allait avoir ses quinze ans. Le dernier et le mieux aimé peut-être de ceux que vous avez perdus, le vicomte Jean, votre frère, esclave d'un chevaleresque souvenir, avait juré qu'Edouard retournerait en Europe vers sa vingtième année avec une fortune à lui et qu'il ne devrait rien au patrimoine de sa famille. C'était la volonté de votre frère : tout ce qu'il voulait, vous le vouliez. L'enfant était à vous deux : vous l'aimiez du même cœur, seulement l'amour du vicomte Jean avait sa raison d'être dans une grande passion ; le vôtre était dans le dévouement absolu que vous aviez pour votre frère.

Le hasard de vos entreprises vous séparait tous les deux de temps en temps. Ainsi, au commencement de 1862, vous faisiez partie, Edouard et vous, d'un groupe de laveurs d'or qui opérait avec succès à la frontière ouest de la Sonora, tandis que votre frère s'était joint, depuis plusieurs mois, à un autre parti d'aventuriers pour tenter un voyage de découverte.

Au mois de septembre de cette même année, vous reçûtes la visite de trois Indiens Sioux apportant un message qui vous disait :

« La fortune est trouvée, venez avec Edouard, je vous attends ».

Vous aviez reconnu la main de votre frère et la marque qui, entre vous, remplaçait la signature.

Une heure après, Edouard et vous vous étiez à cheval. Le message du vicomte Jean vous donnait la route à suivre. Après six jours de voyage, vous arrivâtes au lieu indiqué, sur les bords du Rio-Colorado, non loin de la ville morte que les Aztecs nommaient l'Arche de Grande Lumière.

Là, vous trouvâtes les débris d'un établissement récemment incendié et un cadavre pendu à la branche d'un cèdre-acajou.

— Jean ! balbutia Blunt dans un sanglot, mon vaillant, mon noble frère !

— Ce qui s'était passé, le savez-vous ?

— Le parti auquel s'était joint mon frère, répondit le capitaine, était tombé sur un *placer* vierge et avait rassemblé en quelques semaines une grande quantité d'or ; mais une nuit, les Indiens étaient venus...

— Tout meurtre commis par un sauvage, interrompit M. Chanut, laisse après soi sa preuve irrécusable. Le vicomte Jean n'avait pas été frappé par les Indiens, puisque son crâne gardait sa chevelure. Est-ce vrai ?

— C'est vrai.

— Parmi les compagnons de votre frère, il y avait une femme: la connaissiez-vous?

— Je savais que l'un des compagnons de mon frère était marié.

— Ceci est une erreur : la Française, comme on appelait cette femme, ne portait le nom d'aucun des compagnons de votre frère. Elle suivait alors un gambusino, ou chercheur d'or, nommé Arregui.

Elle était jeune et très-belle.

Le vicomte Jean, qui était arrivé le premier au *placer*, passait pour avoir mis à part le dessus du panier. On disait que sa cachette contenait la charge d'un homme en poudre pure, pépites ou *nuggets*.

La Française se rapprocha de lui.

Quand les Indiens (ils appartenaient à la peuplade guerrière des Apaches) surprirent l'établissement et l'incendièrent, vous étiez déjà en route pour répondre à l'appel du vicomte Jean.

Quatre hommes seulement, sur vingt, se retrouvèrent vivants après le départ des Indiens. On nterra quatorze morts.

Votre frère et la Française avaient disparus.

M. Chanut fit ici une pause.

La voiture, qui venait de passer les fortifications, filait sur la route de Saint-Cloud.

— Cinq ans! murmura capitaine Blunt. J'ai poursuivi pendant cinq ans à travers la grande solitude américaine, la solution de cette terrible énigme. Est-ce donc Paris qui va m'en fournir, aujourd'hui, le mot!

Dans sa passion de savoir, on devinait maintenant comme une épouvante.

— Il y a de tout à Paris, répondit M. Chanut : même des chercheurs d'or, et c'est ici qu'on retrouve ceux qui ne sont plus au désert. Ce qui se passa entre la Française et votre frère, je ne puis vous le dire et personne, excepté la Française elle-même, ne pourrait vous le dire plus que moi.

J'achève seulement de vous raconter ce qui est parvenu à ma connaissance.

Le lendemain du départ des Indiens Apaches, la Française revint au campement toute seule. Arregui, son prétendu mari, arma son revolver et la prit par les cheveux pour faire justice d'elle.

— Avant de me tuer, venge-moi, lui dit-elle... et venge-toi !

Et comme les autres écoutaient, elle ajouta :

— Vengez-vous tous, vous avez été vendus aux Indiens.

— Par qui ?

— Par celui qui m'a surprise, baillonnée et entraînée, par le traître Jean de Tréglave !

— Mon frère ! Jean de Tréglave, accusé de trahison ! s'écria capitaine Blunt en écoutant cela.

Toutes les voix, poursuivit M. Chanut, demandèrent : Où est-il ? Où est-il ?

La Française répondit :

— Je vais vous le livrer, suivez-moi.

XXI

SUITE DE LA SECONDE HISTOIRE

M. Chanut continua :

— Ne vous étonnez pas de la précision de certains détails, je vous répète ici le récit d'un témoin oculaire...

– Un des assassins alors ! s'écria Blunt.

– Un de ceux du moins, qui suivirent la Française à la recherche du vicomte Jean.

— Le nom de cet homme ?

— Arregui, répliqua M. Chanut.

Blunt lui saisit le bras et dit entre ses dents serrées :

— Celui-là vous me le donnerez !

M. Chanut secoua la tête.

— Tous les chercheurs d'or ne deviennent pas riches, dit-il, et tel qui a évité les dangers du désert succombe au milieu de la sécurité des grandes villes. Arregui a travaillé sous mes ordres et je ne savais pas que ce pauvre homme, offrant toutes les heures de sa journée pour un morceau de pain, avait risqué, sur les tapis verts de San-Francisco, de pleins sacs de quadruples. Tout en accomplissant son devoir dans ma maison, il suivait à Paris une piste pour son propre compte. Un soir, il me dit : « Patron, j'ai trouvé le diable. Demain, je serai riche ou mort ! » C'était la Française des *placers* qu'il avait rencontrée. C'était elle qu'il appelait le diable.

— Et le lendemain ?

— Le lendemain, il était mort.

Capitaine Blunt avait de la sueur au front.

— Cette femme est donc véritablement un démon ! pensa-t-il tout haut.

— Voici ce que disait Arregui en parlant d'elle, répliqua M. Chanut :

« J'étais bon, j'étais brave, j'étais heureux avant d'avoir été mordu par ce serpent. Son baiser m'a damné ! »

Capitaine Blunt murmura :

— Où la trouver ?... Puisque cet Arregui est mort, il ne peut plus nous la montrer au doigt.

— Peut-être... prononça M. Chanut à voix basse.

Le regard de Blunt interrogea avidement, mais M. Chanut changea de ton et poursuivit :

— En attendant que le mort parle, écoutez le témoignage de celui qui était encore un vivant, car c'est le propre récit de Arregui que je mets ici sous vos yeux.

Je continue :

Le placer était situé à deux lieues du fleuve, dans une clairière aride où la dent du roc perçait partout sous la terre desséchée. C'était le commencement de la montagne qui allait s'élevant peu à peu, et dont on apercevait les crêtes neigeuses à une large distance.

La Française conduisit ses compagnons dans la direction de la montagne. Après une heure de marche, on arriva dans une gorge étroite. L'une des parois de ce défilé était coupée à pic et sa base disparaissait derrière les broussailles.

La Française s'arrêta; elle dit : « C'est ici. »

Elle dérangea quelques branches épineuses et découvrit l'entrée d'une excavation.

Les aventuriers armèrent leurs carabines. Arregui cria :

— Rendez-vous, Jean de Tréglavé, ou vous êtes mort !

Personne ne répondit à l'intérieur. On entra, Jean de Tréglave dormait, roulé dans son manteau.

C'était un sommeil profond, car on le garrotta sans l'éveiller ; on l'assujettit sur un cheval, et il ne s'éveilla pas davantage.

La Française dit en manière d'explication :

— Il ne m'aurait pas laissé sortir. C'est moi qui ai versé du laudanum dans sa gourde.

Elle ajouta :

— Les Apaches méprisent l'or et n'en sauraient que faire. Pour prix de sa trahison, ils ont donné tout votre or à ce faux frère qui m'avait proposé de fuir avec lui en se vantant d'avoir une valeur de trente mille louis dans sa cachette.

Tous demandèrent :

— Où est-elle, sa cachette ?

— Il vous le dira pour racheter sa vie.

Là-bas, vous savez cela mieux que moi, capitaine, ils ont une manière d'assassiner tout particulièrement horrible, et qui est comme un sauvage carnaval travestissant la justice publique des pays civilisés.

Au retour, on institua un *juge Lynch* qui choisit deux assesseurs.

Sur les aventuriers restants, l'un fut le ministère public, l'autre le défenseur de l'accusé. La Française était le témoin.

Quand votre frère s'éveilla enfin, le *Lynch-Tribunal* était assemblé.

On ne relâcha même pas les liens du malheureux vicomte pour le juger.

Comme il refusa énergiquement de dire où était son or, on le condamna malgré ses protestations d'innocence, et, de ses propres mains, le juge Lynch lui-même le pendit à la plus basse branche d'un cèdre-acajou.

Je dois vous apprendre maintenant pourquoi le *placer* était abandonné au moment où vous y arrivâtes avec votre pupille Edouard.

La Française n'avait pas encore dit le dernier mot de son rôle.

On dépensa un jour entier à chercher la cachette du vicomte Jean qui ne fut point trouvée.

Puis, quand les aventuriers parlèrent de fouiller à fond le sol de la caverne, la Française leur dit :

— Ne perdez pas votre temps à cela. La cachette n'est rien. Le vrai, l'immense trésor est aux mains du frère du vicomte Jean : Laurent de Tréglave ; le vrai trésor, c'est l'enfant qu'on nomme « le jeune maître Edouard » et qui passe à tort, pour être le fils de Jean. Celui-là est l'héritier d'une fortune royale; il vaut dix fois, vingt fois le contenu de sa cachette. C'est l'enfant qu'il nous faut, et que nous aurons.

On lui demanda comment elle était si bien instruite, elle répondit :

— Je suis de Paris, je connais le véritable nom de l'enfant; je connais la famille qui le cherche...

— Était-ce vrai ? demanda capitaine Blunt : La Française savait-elle, en effet, tout cela ?

— Je l'ignore, répondit Chanut, mais ce qui est certain, c'est que bien vous en prit d'être déjà parti de votre campement, capitaine. Pendant que faisiez route vers le *placer*, la Française et ses compagnons galopaient sur le chemin de la Sonora pour capturer votre Edouard qui valait, à ce qu'il paraît, tant de millions...

M. Chanut fut interrompu ici par une exclamation d'étonnement. Capitaine Blunt s'était jeté à la portière en criant : « Les voilà ! les voilà ? »

C'était au bois, non loin de la grille de Boulogne. Le fiacre allait son petit bonhomme de trot. Une voiture découverte, lancée au galop, venait de la route de Saint-Cloud.

Dans la voiture, Blunt avait cru reconnaître son Edouard aux côtés d'une dame voilée.

Ils causaient; Edouard riait.

Ce n'était plus le malade de ce matin. Le plaisir avait fait un miracle. L'œil d'Edouard était vif, son teint animé, il avait l'air de se porter comme le Pont-Neuf.

— Edouard ! coquin ! cria capitaine Blunt à pleine voix.

Je ne sais pas si le jeune couple entendit.

M. Chanut avait saisi Blunt à bras-le-corps, et, faisant preuve d'une vigueur que sa paisible tournure ne promettait point, il l'avait d'un seul effort réintégré dans le fiacre,

Le capitaine ne demandait pas mieux que de se battre.

Il était en colère.

— Morbleu ! s'écria-t-il en essayant de reprendre la portière de vive force : laissez-moi ! Je veux en avoir le cœur net ! Le scélérat était un petit saint, il y a quinze jours ! J'aurais mieux fait de lui casser les deux bras et les deux jambes que de l'amener dans ce maudit Paris !

— Avez-vous vu la dame, capitaine ? demanda M. Chanut.

— J'ai vu des plumes, de la dentelle, et du blanc, et du rose ! *Caramba !* c'est honteux ! Je joue ici une partie dont son avenir, sa fortune, le nom qu'il aura droit de porter sont l'enjeu, et lui...

— Lui avez-vous révélé son avenir ? interrompit M. Chanut ; lui avez-vous dit le chiffre de sa fortune ou seulement le nom qui est le sien ?

— Jamais ! répondit Blunt. Il s'appelait Tréglave quand nous nous appelions Tréglave ; maintenant que j'ai nom Blunt, il a nom Blunt. Ce n'est pas lui qui tient les cartes je suppose ! Il n'a qu'à se laisser vivre pendant que je travaille pour lui. Sa meilleure cuirasse est son ignorance.

— Très bien. Mais à son âge, capitaine, ce rôle de petit garçon vous aurait-il convenu ?

Blunt haussa les épaules avec colère et s'écria :

— Au fait, que le diable l'emporte ! mon frère est mort de lui ! moi je lui ai donné toute ma jeunesse...

— Et vous lui donnerez toute votre vie, capitaine.

— C'est pourtant vrai ! gronda Blunt. Mais je le mettrai sous clé ! Je sais maintenant à quel métier il se fatigue...

— Que voulez-vous, dit M. Chanut philosophiquement, chaque pays à ses courbatures.

Il se pencha lui-même à la portière. La voiture découverte filait dans un nuage de poudre à perte de vue.

— Cocher, ordonna-t-il, tournez !

— Comment ! comment ! s'écria Blunt. Vous me ramenez à Paris !

— Quinze, rue des Canettes, continua M. Chanut, en s'adressant toujours au cocher.

Il se rassit et ajouta :

— Nous sommes fixés, maintenant ; que saurions-nous de plus à Ville-d'Avray ? Je vous répète que votre Edouard n'a rien à craindre pour le moment. Je réponds de lui.

Comme Blunt se taisait, M. Chanut continua :

— Vous souvenez-vous de la rue et du numéro ? Maman et moi nous sommes des bêtes d'habitude. Le vieux père était né là, j'y mourrai.

— Allons-nous donc chez vous, Vincent ?

— Si vous voulez bien nous honorer d'une visite, oui.

Capitaine Blunt s'enfonça dans son coin. La route se fit silencieusement.

Quand le fiacre se fut arrêté, rue des Canettes, devant un modeste logis et que nos deux compagnons s'engagèrent dans l'étroite allée, Chanut, qui marchait le premier, se retourna.

— Vous reconnaissez-vous? demanda-t-il.

Leurs mains se rencontrèrent dans une cordiale étreinte, et on monta.

Il y avait beaucoup d'étages.

— Est-ce toi, mon Vincent? demanda une voix chevrotante au moment où ils entraient dans la première pièce.

— C'est moi, bonne mère, répondit M. Chanut, qui poussa une porte, et voici le beau petit monsieur que tu embrassas de si bon cœur, il y a trente ans, la veille de ma première communion.

Une vieille dame à cheveux tout blancs, vêtue avec une propreté qui était presque de l'élégance, travaillait dans un grand fauteuil.

La chambre était petite, mais meublée honnêtement et brillante de soins ménagers.

La vieille dame se leva et fit la révérence à l'ancienne mode en tremblant d'émotion.

XXII

LA PAILLASSE D'ARREGUI

— Je commençais bien à croire que je ne le reverrais pas, dit la vieille dame, pendant qu'une larme mouillait son sourire. Monsieur Laurent de Tréglave, on ne vous a jamais oublié, chez nous! Jamais!

Capitaine Blunt faisait de son mieux pour garder son flegme américain.

Une chose l'aidait, il faut bien l'avouer, à modérer son émotion: c'était le souvenir de la poignée de louis, non-seulement acceptée, mais demandée par ce bon M. Chanut.

— Et on vous appelait toujours le petit Laurent, reprit ce dernier qui riait, mais qui avait aussi les yeux mouillés. Tenez! maman était à la même place quand nous entendîmes cogner à la porte. Elle dit: « Qui est-ce? » — Il ne venait guère chez nous que du chagrin. Mère me pria d'ouvrir. C'était la première fois que le bonheur entrait. Un bel habit tout neuf, un pantalon blanc et un sourire de chérubin tout rayonnant de la joie des bons cœurs.

Sa bouche s'appuya sur le front de la vieille dame qui lui jeta ses deux bras autour du cou, et murmura dans son oreille :

— Garçon, ne lui dis pas pour notre boursicot! il se moquerait de nous!

— Oh! que non! repartit Chanut en regardant Blunt du coin de l'œil, il ne se moquera pas de nous : j'ai de son argent plein ma poche...

— Toi! s'écria la vieille dame en pâlissant. Toi! tu aurais pris l'argent de M. Laurent!

— Morbleu! gronda le capitaine, que signifie tout cela ? C'est assez jouer de la première communion...

— Mets ça avec le reste, dit Chanut en jetant la poignée de louis dans le tablier de sa mère. Au premier moment, je n'étais pas bien sûr de l'avoir reconnu, et il fallait rompre la glace, pas vrai ? j'ai fait comme avec les clients...

Il ajouta en se tournant vers Blunt :

— Excusez-nous. La joie n'a pas frappé deux fois à notre porte. On vous aime depuis si longtemps! Quelque chose me disait : il reviendra... mais nous aurions pu tout aussi bien, n'est-ce pas, vous retrouver pauvre ? Alors, mère et moi, à nous deux, nous avions eu l'idée...

— Prends garde, mon Vincent! fit la mère. Si tu allais le fâcher!

Les sourcils froncés du capitaine lui faisaient peur.

— Il n'y a aucune offense, continua timidement M. Chanut. Nous sommes tout seuls. Nous n'avons pas plus d'héritiers que d'amis. Qu'est-ce que cela vous fait qu'on ait caressé un pauvre rêve ? D'ailleurs chacun est libre de refuser une succession, et...

Sa voix trembla, mais il se redressa pour achever.

— Et vous m'avez donné la main deux fois, monsieur de Tréglave !

— Est-ce vrai, garçon ! balbutia la mère dont les yeux s'ouvrirent tout grands. Il t'a donné la main ! Ah ! monsieur ! mon Vincent est brave et bon ; avant lui, son père était bon et brave, mais personne ne veut voir cela. Notre honneur est comme la lèpre qui fait honte. Ils nous regardent mal parce que la police nous a touchés. Mieux vaut tuer ou voler chez nous que de combattre les assassins ou les voleurs... Allez ! on ne se plaint pas souvent chez nous, j'ai tort de parler comme je le fais, peut-être, mais ils sont si heureux ceux qu'on honore et ceux qu'on aime !... Soyez béni pour avoir mis votre main dans la main de mon fils !

Capitaine Blunt avait essayé d'abord de se fâcher pour ne point s'attendrir, mais ses paupières se mirent à battre pendant qu'il aidait la bonne femme à se rasseoir, et ce fut en l'embrassant qu'il répondit :

— Mes amis, je ne me croyais pas un si grand saint. Je viens d'un pays universellement célèbre, moins bête, mais plus égoïste que le nôtre, où l'on estime fort les gens de police, pourvu qu'ils soient solvables, mais où les pauvres sont hors la loi. L'esclavage y est aboli, c'est vrai ; seulement, l'usage, plus sacré que le code, y défend de sauver un nègre qui se noie, si l'on n'a pas sous la main une paire de pincettes pour le repêcher proprement. Allez, le monde est partout le monde. Faites-moi votre légataire tant que vous voudrez, mes bons amis, je vous en suis tout reconnaissant, mais...

— Mais, répéta M. Chanut en l'interrompant, ce n'est pas cela que vous voulez de moi, n'est-ce pas? Monsieur de Tréglave, ce n'est pas non plus pour cela que je vous ai amené dans ma maison. Vous me disiez tout à l'heure, en écoutant la fin d'une tragique histoire : « Arregui n'est plus là pour nous montrer cette femme. » Et moi, je vous répondais : « Qui sait? » J'avais raison : Les morts parlent quelquefois.

— Aurait-il laissé un écrit?

Chanut alla vers la porte et répondit :

— Il a laissé mieux que cela, venez!

Ils quittèrent la chambre. La maison n'était pas grande. Une demi-douzaine de pas traversaient le bureau de Vincent, tapissé de cartons comme le cabinet d'un notaire. Au-delà du cabinet s'ouvrait une très petite pièce, sans cheminée, qui avait pour tous meubles un lit de sangle et une chaise.

Le lit n'avait ni matelas ni draps, mais la paillasse restait.

Sur la paillasse, on voyait un vieux sac de voyage à bretelles, tout usé et lacéré en plusieurs endroits.

— C'est ici, dit M. Chanut, que ce pauvre diable d'Arregui a passé sa dernière nuit. Il était Mexicain, il a voulu un prêtre et a bien promis de pardonner à ses ennemis. Mais son dernier soupir a glissé dans mon oreille ces mots : « Vengez-moi, *amigo*, et là-haut, je prierai pour vous! »

Capitaine Blunt attendait. Il n'eût point su dire quel poids opprimait en ce moment sa poitrine.

Il éprouvait une angoisse qui ressemblait à de la terreur.

Pourquoi ?...

M. Chanut plongea sa main dans le sac de voyage d'Arregui, et Blunt frissonna de la tête au pieds. Il s'étonnait lui-même de la poignante émotion qui l'écrasait.

— Arregui, continua M. Chanut, attribuait naturellement sa mort à cette femme que nous désignons entre nous sous le nom de la Française. En me donnant le portrait, il me dit : « C'est ressemblant comme deux gouttes d'eau, et vous la reconnaîtrez entre mille...»

Le pauvre Arregui s'était mal adressé; je n'acceptai pas le soin de le venger, et si vous n'étiez pas venu, capitaine, le portrait n'aurait jamais vu le jour.

En achevant ces mots, M. Chanut tendit à son compagnon une miniature dont l'entourage avait dû être en or, puisqu'on l'avait arraché.

Il n'y avait plus que la peinture sur sa feuille d'ivoire, écaillée aux extrémités.

La main du capitaine Blunt s'ouvrit, mais elle tremblait à faire pitié. Il regarda le portrait sans le voir, car il passa le revers de ses doigts sur ses yeux en murmurant :

— Il y a un brouillard au devant de ma vue!

M. Chanut ne s'étonnait pas trop de ce grand trouble. Il savait la mortelle blessure que son récit avait rouvert dans le cœur de Laurent de Tréglave. Entre Laurent et la feuille d'ivoire, l'image du vicomte Jean assassiné devait surgir.

Les miniatures qui ont traversé l'Océan se reconnaissent au premier coup d'œil. L'air de la mer produit sur les couleurs une action chimique dont l'intensité varie, mais à laquelle aucune peinture à l'eau ne peut échapper entièrement.

Le portrait que capitaine Blunt tenait dans sa main avait évidemment voyagé sur mer. Il portait les traces de cette effacement lent et régulier qui pâlit les teintes et affaiblit les reliefs à ce point que don Juan, officier de marine, pour peu qu'il n'ait pas croisé toute sa vie dans les corridors du ministère (ce qui arrive et surtout fait arriver), peut avoir dans sa poche, vers la soixantième année, tout un musée galant, aussi fané que le souvenir de ses victimes.

C'était une très jeune femme, une jeune fille plutôt. Elle avait, pour tout vêtement, un peignoir flottant de mousseline blanche. Autour de son visage exquis, ses cheveux tombaient librement : quelque chose de délicieusement joli, vu au travers d'une triple gaze.

Mais cela ne donnait pas de date. Les peignoirs blancs sont éternels, ainsi que les cheveux dénoués.

Il faisait sombre dans le réduit d'Arregui. Ce n'était pas seulement la fiévreuse émotion de Blunt qui l'empêchait de voir.

Il se rapprocha de l'étroite fenêtre et ferma les yeux comme pour recueillir ses sens ébranlés.

Puis il regarda de nouveau.

Involontairement, car l'homme ne se sépare jamais de son métier, M. Chanut l'examinait avec tout le soin professionnel.

Pour lui, la détresse de Blunt s'expliquait seulement par ce fait que le juge, qui était aussi le bourreau, allait voir ici pour la première fois le visage inconnu de celle qu'il avait sans doute déjà condamnée.

Pour lui encore, la véritable surprise commença au moment précis où capitaine Blunt *déchiffrait* enfin le portrait.

M. Chanut attendait un éclair de haine, une explosion.

Mais rien de pareil ne se produisit.

Ce qu'il vit ne se peut pas dire en un seul mot : sur les traits énergiques de Blunt, plusieurs sentiments s'entrechoquèrent : de l'amour, de la douleur, de l'épouvante et de la stupéfaction.

Ses yeux ne pouvaient plus se détacher de l'ivoire.

Il murmura deux noms, mais si bas ! M. Chanut crut entendre « Laure » et « Marie. »

Puis les paupières de Blunt se mirent à battre. L'éblouissement le reprenait. Il se laissa choir sur la paillasse, les deux coudes aux genoux, la tête entre ses mains. Au bout d'un moment, tout son corps secoué frémit. M. Chanut entendit qu'il sanglottait.

Quand Laurent de Tréglave se redressa, son visage était couvert de pâleur, mais ses yeux n'avaient plus de larmes.

Le souffle magique qui redescend parfois les penles du passé semblait avoir touché son front : le vent de la jeunesse amoureuse et heureuse.

— Ce portrait, dit-il, me fut dérobé il y a bien longtemps...

— A vous ! s'écria M. Chanut tombant de son haut. Vous connaissez cette femme ! Est-ce possible !

— Pour le revoir, continua Blunt, dont la voix était bien changée, je donnerais la moitié de ce que je possède.

M. Chanut retint la question qui pendait à ses lèvres et répondit :

— Il est à vous. Je n'en avais besoin que pour vous.

Laurent de Tréglave effleura la miniature d'un long et religieux baiser.

— Vincent, dit-il, vous n'aurez plus à me reprocher mes réticences. Je ne me suis confié à personne, pas même à Edouard, mon cher enfant, parce que, au milieu des menaces qui l'entourent, j'ai voulu lui laisser la sauvegarde de son ignorance. C'était, d'ailleurs, la volonté de mon frère : Jean lui avait donné notre propre nom comme un masque et une protection. Et qui donc pourrait dire que ces précautions étaient exagérées ? Que ne pouvait-on craindre pour ce malheureux petit être qui avait respiré la vie à travers le trou d'une blessure mortelle ?

— C'était donc vrai cette histoire-là ! murmura M. Chanut. L'enquête laissait les choses dans le doute... un peu.

— Je soulèverai le voile pour vous, Vincent, reprit Laurent de Tréglave, avant même d'instruire celui qui a droit de savoir. Oui, c'était vrai ; Giammaria, marquis de Sampierre, signa d'un coup de couteau l'acte de naissance de son second fils, et la marquise Domenica, demandant à mon frère un service inouï, le chargea de cet enfant, assassiné au seuil même de l'existence. Mon frère est mort à cet tâche; je le remplace, et Dieu a voulu que son dévouement lui ait ainsi survécu en moi, Edouard est mon fils. Dans mon cœur, il n'y a que cette tendresse vivante et deux pauvres souvenirs : Jean et Maria, mon frère chéri et la bien-aimée de ma jeunesse... Ecoutez-moi donc : Je vais me confesser à vous.

XXIII

LA MINIATURE

— Ami Vincent, reprit Laurent de Tréglave, vous me demandiez tout à l'heure pourquoi tant de défiance et d'hésitations, pourquoi surtout, lors de mon arrivée à Paris, je n'étais pas allé tout droit à l'hôtel de Sampierre. Je vous réponds : Ce qui détermina mon départ d'Amérique, ce fut l'annonce de la mort du jeune comte Roland et les efforts que faisait Domenica Paléologue pour retrouver son second fils.

Le moment me sembla favorable pour ramener l'enfant à sa mère ; mais, sans être superstitieux, il est permis d'éclairer son chemin quand on approche de cette maison tragique.

Mon premier pas se heurta contre une singulière aventure : Domenica était bien la maîtresse, selon les apparences, à l'hôtel de Sampierre, par suite de l'interdiction légalement prononcée du marquis Giammaria et la mort du comte Roland, mais son conseiller intime avait nom Giambattista Pernola. Vous le connaissez ?

— Depuis vingt-deux ans, oui, répond M. Cha-

[illegible]ut, mais ne laissons pas de côté votre *singulière aventure*. C'est précisément là ce que je veux savoir : Que vous dit la Tzigane ?

Capitaine Blunt le regarda avec un étonnement profond, et murmura :

— Vous avais-je donc parlé de mon entrevue avec Phatmi ?

— Tous ces gens-là, fit en souriant M. Chanut, sont pour moi de bien vieilles accointances. En 1847, je faisais mes premières armes comme agent auxiliaire et c'est en partie sur mon rapport que fut étouffée l'affaire de l'hôtel Paléologue, là-bas, rue Pavée. Veuillez me dire si vous cherchiez Phatmi ou si vous l'avez rencontrée par hasard.

— Par hasard, répliqua Laurent de Tréglave, on m'avait indiqué une manière de limier qui passe pour très habile et qui pratique une demi-douzaine de métiers. J'avais besoin d'un détective. Je me rendis rue de Babylone...

— Au trou Donon, parbleu ! s'écria Vincent dont les yeux brillèrent derrière ses lunettes. Le Poussah ! Nous voici dans le vif !

— Son nom est M. Preux.

— C'est parfaitement cela ! Videz votre sac et ne passez rien ! Nous savons que ce François Preux était aussi une de vos anciennes connaissances.

— Je me déterminai à le voir, poursuivit capitaine Blunt. J'allai en ce lieu qui s'appelle en effet la cité Donon, et dont la vue produisit sur moi un singulier effet. Quoique rien n'y ressemble assurément aux choses du désert, cela me reporta si loin, mais si loin de Paris, que mes instincts de sauvage s'éveillèrent.

Le soir venait. Au lieu de monter chez ce M. Preux tout de suite, je me mis à rôder le long d'un grand mur qui sépare la cité Donon des jardins de Sampierre. Je n'avais aucun but précis, je me sentais seulement sur un terrain qui m'appartenait mieux que vos boulevards, vos places ou vos rues; je me disais que peut-être la maison mystérieuse où est tout l'avenir de mon Edourd pourrait être abordée de ce côté...

— Maître Edouard a eu précisément la même idée que vous, capitaine, dit M. Chanut en riant.

— Oui... Et cette rencontre n'est-elle pas étrange?... Comme j'arrivais devant une sorte de lande, située en face du saut de loup de Sampierre, je vis sortir d'une maison voisine une femme de haute taille...

— La Tartare! Allez! Nous y sommes!

— Elle vint droit à moi et me cria de me hâter, car elle me prenait pour le médecin qu'on attendait. Elle a une fille malade. Je vis bien qu'elle était aveugle. Quoiqu'il fît déjà sombre, son aspect me frappa, éveillant en moi des souvenirs lointains et confus. Au premier son de ma voix, quand je lui répondis, elle se redressa toute droite. « Ah! fit-elle, vous, c'est vous!... est-ce vrai que le vicomte est mort et que l'enfant est ressuscité? »

— Où l'aviez-vous connue? demanda M. Chanut, sans manifester le moindre étonnement.

— A Vienne, au temps de mon adolescence. Elle

accompagnait la petite Domenica Paléologue qui venait jouer sous les fenêtres de mon père dans les jardins du palais Esterhazy. Je vous parle de vingt-cinq ans, pour le moins. « Phatmi ! » m'écriai-je. Elle mit sa main sur ma bouche et l'accent de sa voix me donna le frisson pendant qu'elle disait : « J'ai été dimanche au cimetière où est la tombe du jeune comte Roland. C'est sur mes genoux qu'il souriait le mieux quand il était tout petit. L'autre... Il ne souriait pas encore, celui-là ! Ah ! il vient souvent la nuit. J'y vois clair quand je rêve : une pauvre petite créature dans ses langes tachés de sang... » Sa main tomba le long de son flanc. Elle reprit : « Est-ce que vous venez chercher l'héritage de Roland ? L'autre est-il avec vous ? Il y a encore de la place au cimetière. »

Capitaine Blunt s'arrêta ici, M. Chanut lui serra le bras.

— Je vous en prie, parlez, prononça-t-il avec insistance. N'omettez rien. Je l'ai interrogé plus d'une fois, et jamais elle ne m'en a tant dit.

— Je cherche, répliqua Blunt, mais ses paroles ne sont pas bien gravées dans ma mémoire, parce que, pour moi, la plupart du temps, elles manquaient de signification, Je suis sûr qu'elle a parlé d'un péché, d'un lourd péché qui écrase sa conscience et qui est la malédiction de sa race. Pétraki, son mari (je connaissais aussi celui-là), est mort violemment ; Eliane, sa fille, s'en va mourant de langueur ; elle attribue tout cela au péché. Son fils, car elle avait un fils qui serait du même âge que notre Edouard, a pris la fuite tout enfant... Attendez ? Elle n'a pas dit cela en propres termes, mais quand j'écoute de loin ses paroles, voilà ce que ma mémoire me rend... une chose effrayante en vérité ! Le père avait blessé le fils, il y a longtemps, longtemps. Le fils, qu'elle appelle Yanuz, n'était pas comme les autres enfants ; en grandissant, il gardait le souvenir de la blessure ouverte par son père... et la trace aussi, car sa tête penchée sur son épaule gauche, ne pouvait se lever. La blessure était au cou. Il détestait son père, il menaçait son père, et comme il était blême de visage, il disait que son père lui avait pris tout son sang...

— A-t-elle dit ce qu'il était devenu ? demanda M. Chanut qui semblait prendre à ce récit un intérêt extraordinaire.

— Attendez ! je cherche... Phatmi disait de temps en temps : « C'est le démon ! rien ne lui résiste, il fait tout ce qu'il veut... » Je ne sais plus le métier que menait son père, mais un jour il monta à l'échelle — très haut. Yanuz se glissa sous l'échelle et en saisit le pied qu'il ébranla. « Que fais-tu », dit le père. L'enfant répliqua : « J'ai essayé déjà bien des fois, mais j'étais trop faible et l'échelle trop lourde, je ne pouvais pas la remuer. Maintenant, j'ai pris de la force. » Et il imprima au montant un choc tel que Pétraki chancela au haut des échelons.

— « Tu vas me tuer », s'écria-t-il.

— « Je le sais bien », répondit Yanuz...

— Après ? fit M. Chanut.

Capitaine Blunt avait cessé de parler. Il reprit avec fatigue :

— Je m'étonne de dire ces choses, car pendant que Phatmi me parlait, c'est à peine si je la comprenais. Elle ne m'avoua pas que Yanuz avait renversé l'échelle, mais elle allait répétant : « C'est le démon ! » et la misérable femme me serra le cœur quand elle me dit : « J'ai tant pleuré que la lumière de mes yeux s'est noyée dans mes larmes ! »

— Alors, demanda Vincent, ce petit coquin de Yanuz tua son père !

— Oui... Je le crois.

— Par rancune de l'ancience blessure ?

— Non... Il demandait le prix de son sang : le secret.

— Quel secret ?

— Laissez-moi me souvenir... Il paraît que le père et le fils disputèrent longtemps : Le père en haut, le fils en bas de l'échelle. Le père voulait descendre, le fils disait : « Je te défends de bouger. Je suis le maître. Rends-moi tout mon sang ou donne-moi le grand secret ! »

— Mais quel secret ? répéta Chanut.

— L'aveugle ne me l'a pas dit. Quand ce fut fini, Yanuz vint lui-même annoncer que son père s'était casser le cou en tombant, et comme sa mère lui reprochait d'être un assassin, il la saisit aux cheveux, disant : « Je suis le maître ! Je veux le secret ! Il faut que l'on me paye mon sang ! Je le veux ! »

Capitaine Blunt s'essuya le front brusquement :

— Phatmi me faisait grand pitié, reprit-il ; elle

parlait comme malgré elle, et pour accomplir un devoir. Voici la fin : Yanuz s'enfuit de la maison après avoir frappé cruellement sa petite sœur, qui accourait pour défendre sa mère. « Quand je reviendrai, dit-il, je saurai le secret, ou je vous tuerai ! »

— Et depuis lors ?

— On ne l'a jamais revu ; mais la malédiction reste. Je demandai à Phatmi pourquoi elle ne réfugiait point son veuvage dans la maison de son ancienne maîtresse ? Elle me répondit par ce seul mot : « Giambattista Pernola. »

— Qu'a-t-il contre vous ? demandai-je.

Elle me répondit :

— *Il sait que je sais.*

Je voulus parler encore du comte Roland et de sa mystérieuse mort ; elle ne répondit plus.

Quand je la quittai, je me fis à moi-même cette question : « Ne vaudrait-il pas mieux emmener Édouard loin de cette fortune, gardée par tant de menaces, et qu'enveloppe un si grand deuil ? »

Une demi-heure s'est écoulée. Laurent de Tréglave et M. Chanut étaient toujours en face l'un de l'autre dans le pauvre taudis d'Arregui. C'était Vincent Chanut qui avait la parole.

— Chacun son métier, n'est-ce pas ? disait-il, rendu à tout son calme. Au milieu même du plus épais brouillard, les marins reconnaissent leur route, parce qu'ils ont leur boussole. J'ai la mienne. Tout ce que vous venez de me dire, est noté et classé. Cette malheureuse femme nous servira ; elle vous a déjà servi en vous empêchant de frapper à la porte de ce dangereux coquin, le père Preux, mon quasi-confrère, que vous allez choisir comme chien de chasse. Il a une main dans la poche de Pernola, l'autre dans la bourse de Mme Marion, la châtelaine de Ville-d'Avray : vous vous jetiez dans la gueule du loup.

Cependant, il ne faut pas vous fier entièrement à Phatmi ; elle est mère. Je ne crois pas à la rancune des mères. Par le fait, nous n'avons pas un seul allié sur qui nous puissions compter : pas même Domenica Paléologue qui est aux mains de nos ennemis et qui a gardé toute la faiblesse étourdie des enfants.

Les efforts même qu'elle a tentés à l'aveugle pour retrouver son fils n'ont servi qu'à enflammer les avidités qui l'entourent. L'association des Cinq est maintenant une sorte de commandite, installée pour exploiter les crédulités de Mme la marquise. Et qui sait s'il n'y a pas d'autres compagnies aurifères du même genre ? Domenica est à elle seule un immense *placer*, toute une Californie !

Il y a bien Charlotte d'Aleix, une noble, une chère enfant, et il semble que la Providence, en la plaçant sur le chemin de votre Edouard, ait voulu nous indiquer cette porte ; mais, de ce côté encore, un mystère semble menacer.

Le Giambattista fait courir le bruit que Carlotta n'est pas la fille de feu la princesse d'Aleix : qu'elle n'a, par conséquent, aucun droit légal à l'héritage de Paléologue.

— Qui serait-elle, alors ? demanda Laurent de Tréglave.

Ce fut sans doute par hasard que les yeux de Vincent Chanut se portèrent vers la miniature qui était toujours dans la main de son compagnon. Au lieu de répondre, il poursuivit :

— En bonne logique, resterait la justice. Tout le monde a le droit de s'adresser à la justice ; mais, outre que nous sommes absolument désarmés, judiciairement parlant, le premier mot de notre plaidoirie serait une accusation d'assassinat, portée contre le père de votre Edouard...

— Jamais, interrompit Laurent.

— Aussi, reprit M. Chanut, je comprends bien le découragement qui vous vient et l'idée qui naît en vous de soustraire votre pupille aux dangers de cette lutte où la victoire semble impossible, mais est-il temps encore de fuir ? Edouard n'est-il pas désormais retenu par un lien que votre autorité ne saurait point rompre ? Et puis, vous avez accepté un mandat ; de quel droit échapperiez-vous à son accomplissement ? deux mandats, même, car le vicomte Jean de Tréglave, vivant, aurait protégé la mère aussi bien que le fils. Vous êtes l'héritier de ce double devoir, et Domenica, la femme que votre frère aimait si profondément a droit à votre aide plus encore que son fils, car elle est mille fois plus incapable de se défendre.

Capitaine Blunt avait la tête baissée.

— Que faire, balbutia-t-il.

Le doigt de Vincent Chanut pointa le portrait légué par Arregui.

— Ici, prononça-t-il à voix basse, ici nous avons à

la fois la principale menace et le point faible par où notre attaque peut passer.

La main de Laurent de Tréglave se ferma vivement comme s'il eût voulu protéger la miniature contre un choc.

— Expliquez-vous ! prononça-t-il d'une voix contenue, mais hautaine.

— Vous me comprenez, dit simplement M. Chanut.

Laurent rougit. Il était en proie à toute son agitation revenue.

— C'est vrai, balbutia-t-il en détournant son regard ; mon frère ! mon Jean bien-aimé ! Je vous comprends, ou plutôt, je comprends votre erreur. Le malheureux qui vous a légué cette image s'est trompé, s'il n'a pas menti...

D'un geste plein de passion, il porta la miniature à ses lèvres et ajouta, les larmes aux yeux :

— Laura-Maria ! nom charmant d'une divine créature ! Je vous affirme que celle-là n'a jamais fait de mal. J'en suis certain : je vous le jure ! Celle-là, oh ! celle-là est le premier, l'unique amour de mon cœur ! Laura-Maria était un ange... et Laura-Maria est morte !

XXIV

DEUX INVITATIONS

Une heure après, Vincent Chanut était auprès de sa vieille mère. Il prenait volontiers ses conseils dans les circonstances difficiles. Non seulement il lui rapporta la scène du réduit d'Arregui, mais encore, et dans tous les détails, l'entrevue qui avait eu lieu le matin au logis de capitaine Blunt.

La vieille dame écouta avec une extrême attention.

— Et que vas-tu faire, mon fils Vincent ? demanda-t-elle.

— Ce que vous me conseilleriez, j'en suis bien sûr, bonne mère : J'irai au fond du Pernola quand je voudrai. Je vais le laisser de côté pour aujourd'hui et m'occuper de cette femme qu'Arregui appelait la Française, et que Laurent nomme Laura-Maria. Quelle qu'elle soit, je veux la mettre en face de M. de Tréglave !

Mme Chanut réfléchit un instant, puis répondit :

— Tu as raison, fils, je t'aurais conseillé cela.

Vincent se leva aussitôt et se dirigea vers la porte.

— Où vas-tu ? demanda la vieille dame ?

— Chez elle.

— Où donc, chez elle ?

— A Ville-d'Avray.

— Je te le défends ! dit vivement Mme Chanut.

— Et cependant... commença Vincent.

— Cherche ailleurs ! interrompit la mère. Je le veux ! Qu'est-ce que je deviendrais sans toi ! Tu sais bien qu'elle a plus d'une demeure comme elle a plus d'un nom.

Vincent était revenu sur ses pas.

— Ce sera plus long, murmura-t-il.

— Ce sera plus sûr. La maison de Ville-d'Avray est isolée. On a dû la choisir tout exprès pour englober au bon moment ce jeune homme si terriblement riche. Il y a des assassins dans cette histoire-là : au moins deux...

— J'en connais trois.

— Si cet Italien et cette coquine allaient faire alliance ! Tu sais manier les assassins, fils, c'est ta partie, mais tant va la cruche à l'eau... J'ai toujours peur !

— Mère, je vous promets de ne pas sortir de Paris.

— Merci ! Et veille au grain des deux côtés ! Mets une cuirasse qui te couvre jusqu'au bout du nez...

— C'est convenu, mère.

— Tu ris, méchant garçon ! Il y a bien des héros dans les *Victoires et Conquêtes* qui ne sont pas moitié si braves que toi. Ce n'est pas pour t'arrêter au moins ce que j'en dis ; il faut aller au contraire grand train et tout droit, car j'ai idée que leur mécanique est montée, et si tu attendais à demain, peut-être qu'il serait trop tard.

M. Chanut lui donna une paire de gros baisers et descendit l'escalier quatre à quatre.

Vers ce même instant, capitaine Blunt rentrait à son campement de la rue des Minimes.

En principe, la façon de vivre qu'il avait choisie n'est peut-être pas le moyen le plus adroit de cacher la présence d'un étranger à Paris ; mais, jusqu'à présent, le hasard l'avait assez bien servi, et c'est à peine si quelques voisins s'étaient inquiétés de son installation plus que sommaire.

Il passait pour un original, ce qui arrange tout.

Il y a à dire d'ailleurs, en faveur de ce système du « bivouac en chambre », que le danger d'exciter la curiosité de quelques locataires étonnés est compensé amplement par l'absence de tout espionnage domestique.

Et beaucoup de gens sages pensent qu'on ne saurait payer trop cher l'estimable bien-être produit par l'absence de tout « bon serviteur. »

Capitaine Blunt trouva maître Edouard déjà revenu et couché bien tranquillement sur son cadre. Capitaine alla droit au lit, et comme Edouard avait les yeux grands ouverts, il lui tendit la main en disant :

— Nous avons eu beau temps pour notre promenade, aujourd'hui ?

Edouard retint la main qu'on lui donnait dans les siennes et demanda :

— Est-ce que vous ne m'embrassez pas, ami ?

— Si fait, répondit capitaine Blunt, pourquoi non ?

Et il se pencha pour mettre un baiser sur le front du jeune homme. Celui-ci dit encore :

— Ami, j'ai mérité d'être grondé, pourquoi ne me grondez-vous pas ?

— Te voilà qui prends l'âge d'un homme... commença Blunt, qui était triste, mais qui parlait avec une extrême douceur.

— Pouquoi, du moins, ne me demandez-vous pas où j'ai été ?

— Peut-être parce que je le sais, répondit cette fois Blunt dont les lèvres ébauchèrent un sourire.

Edouard lâcha sa main.

— Père, murmura-t-il, jamais je vous ai fait des questions...

— Vas-tu m'en faire ? interrompit Blunt.

Son regard était bon et semblait encourager.

— Non, répondit Edouard. Seulement, vous venez de le dire vous-même : Je prends l'âge d'un homme.

— C'est juste, et tu n'attendras pas longtemps désormais les comptes que j'ai à te rendre.

Edouard secoua la tête et dit :

— Mon père, je sais que je vous dois tout et que vous ne me devez rien.

— Tu te trompes, garçon, répliqua Blunt avec simplicité, je te dois le dernier prétexte que j'ai de vivre. Sans toi, que ferais-je en ce monde ?

Edouard se dressa sur son séant et lui jeta ses deux bras autour du cou.

— Si vous saviez comme je vous aime s'écria-t-il.

— Oh ! garçon, je m'en doute, fit Blunt en lui

rendant son étreinte de bon cœur, mais il y a quelqu'un que tu aimes encore mieux que moi.

— Ma mère... balbutia Edouard.

— Je ne serais pas jaloux de ta mère. Ma meilleure espérance est de te mettre bientôt dans ses bras.

— Parlez-moi d'elle, je vous en prie !

— As-tu donc peur qu'on ne te parle d'une autre ? prononça tout bas capitaine Blunt. Ta mère est comme toi, gravement, cruellement menacée...

— Ne me sera-t-il permis jamais de la défendre ?

— Tu ne pourrais, en ce moment, que grandir son danger.

Edouard laissa retomber sa tête sur l'oreiller. Blunt s'assit au pied du lit. Il changea de ton pour demander :

— On causait, ici près, dans l'autre chambre, quand tu t'es éveillé ce matin.

— Oui, père, vous étiez avec ce M. Chanut.

— As-tu écouté ?

— Seulement pour savoir qui était là. Je m'étonnais que mon lit eût été changé de place.

— As-tu entendu ce qui se disait.

— Quelques mots, oui.

— Avaient-ils trait à une dame qui habite Ville-d'Avray ?

— Oui, père.

— Les as-tu répétés à la personne que tu accompagnais tantôt au bois de Boulogne ?

Edouard rougit légèrement, mais il répondit :

— Père, vos secrets sont à vous.

Capitaine Blunt prit un ton de bonne humeur.

— Quand on est amoureux... commença-t-il.

— Je ne ne suis pas amoureux de cette personne, interrompit Edouard dont la rougeur augmenta, mais qui ne semblait pas très embarrassé, car il avait peine à s'empêcher de rire.

Blunt demanda, pour acculer du coup son adversaire :

— Alors, pourquoi la suis-tu, au risque de rouvrir ta blessure et de chagriner ton meilleur ami ?

— Parce que, répondit Edouard, en baissant les yeux cette fois, je suis amoureux d'une autre personne.

Tout cela, de part et d'autre, était affectueux, mais franc. Le pupille et le tuteur parlaient la bouche ouverte avec une égale netteté.

— Garçon, reprit le capitaine Blunt, sans mettre de côté son bon sourire, quand nous avons quitté le pays là-bas, le pays de la guerre et de la chasse, dont tu savais déjà tous les secrets, malgré ta jeunesse, je te dis : Nous allons à Paris — une autre forêt que tu ne connais pas et que, moi, j'ai oubliée. Je te donne la liberté...

— Liberté entière ! appuya Edouard gaiement.

— Liberté américaine ! c'est vrai, je ne m'en dédis pas. Mais pour moi, de mon côté, j'ai gardé la pareille. Tu as droit de folie, j'ai devoir de sagesse.

— Je suis le voyageur et vous êtes le gendarme, père, toujours prêt à me protéger pourvu que j'aie mon passe-port.

— L'as-tu ?

— Tout frais signé et bien en règle, oui. Voulez-vous que je vous le montre ?

Maître Edouard plongea la main sous le revers de sa redingotte et poursuivit :

— J'étais en train de le chercher pendant que vous, vous inspectiez le bois de Boulogne.

Une ride se creusa entre les sourcils de Blunt. Il demanda :

— Laquelle de ces deux femmes est venue te voir en mon absence, pendant ta maladie ?

— Elles sont venues toutes les deux, père : voici le passeport.

— L'une d'elles t'a-t-elle parlé de ta mère ?

— Elles m'ont parlé de ma mère toutes les deux.

Capitaine Blunt prit le passe-port qu'Edouard lui tendait. C'était une carte d'invitation lithographiée où la date seulement, outre le nom du destinataire, était remplie à la main.

Elle disait : « Madame la marquise de Sampierre prie M. Edouard Blunt de lui faire l'honneur de passer la soirée chez elle le mardi 20 août. — On dansera. »

— Cet endroit-là ne t'a pas réussi, murmura Blunt.

— Je ne compte pas entrer par le saut de loup, répondit Edouard, effrontément câlin. Je vous promets de prendre la porte cochère.

— Tu es bien décidé à accepter cette invitation ?

— Oh ! oui, père. Ne me le défendez pas !

— C'est pour demain. Je ne te défends rien. Pensestu être assez fort pour supporter cette fatigue ?

— Père, j'en suis sûr.

— C'est bien, garçon. J'ai reçu, moi aussi, une invitation pareille : si tu veux, nous irons ensemble à l'hôtel de Sampierre.

XXV

SALON DE 1867. — PORTRAIT DE Mme L. DE V.

On avait beaucoup remarqué au Salon de cette année le portrait de Mme L. de V., peint par une demoiselle dont le talent considérable n'avait pas encore versé dans la convention officielle, dite « l'art d'émailler papa. »

Le portrait par lui-même avait de belles qualités et servit à souhait la réputation du peintre, mais ce qui frappa surtout le public, ce fut le modèle qu'on devinait splendide à travers le consciencieux travail de ce pinceau habile, sage, obligeant jusqu'à la caresse et n'ayant d'autre vice rédhibitoire que l'ambition de trop plaire à Son Excellence.

Il y a des laideurs qu'on outrage en les nettoyant, il y a des beautés qu'il ne faut pas embellir sous peine de blasphème.

Mais laissons là le peintre et parlons du portrait.

C'était une brune à reflets fauves, presque dorés dans les clairs. Elle avait une robe de velours brun-rouge, sans garnitures. Point de bijoux, sauf trois étoiles dans la forêt de ses admirables cheveux.

Le premier coup d'œil reprochait un peu de maigreur aux contours de ce visage délicat dans son énergie ; le second regard n'y voyait que la jeunesse, l'esprit, le charme et aussi la passion voilée que respirait la lumière profonde de ses grands yeux.

Et que parlons-nous de maigreur ? Le velours, entr'ouvert selon cet angle qui est l'honnêteté même, le franc milieu entre l'affiche ardent à montrer et la pruderie désolée de cacher, laissait voir une taille si riche dans sa sveltesse ! Cette blanche main demi-fermée sur le livre, ouvert à demi, avait des lignes si pures ! Et quoi encore ? Tout, depuis le grave et fin sourire jusqu'à la féerie de ce pied, tout trahissait le don vraiment divin : la grâce, amour et désespoir de l'art.

On peut dire que Paris égrena devant ce portrait le chapelet entier de ses curiosités.

Les initiales L. de V... ne disaient rien aux bourgeois du dimanche. Pour les gens du vendredi, ces deux majuscules recouvraient, sans le cacher, le nom déjà connu, mais non point du tout « à la mode » de Mme la baronne Laure de Vaudré, veuve d'un gentilhomme Angevin qui habitait Paris depuis un peu moins de trois ans.

Peut-être bien que la belle baronne, avec la moindre bonne volonté, aurait pu conquérir sa case dans cette montre qui s'appelle la vogue. Sa feuille de route mondaine était en règle. Nombre de gens avaient connu son mari baron très authentique et qui même s'entendait aux chevaux.

Mais aussi, peut être bien que, si elle eût brigué

de trop brillants succès, la jalousie de ses rivales vaincues lui aurait demandé des comptes que présentement personne ne songeait à apurer. En effet, le dossier de sa vie, que chacun pouvait consulter, ne remontait guère au-delà de son mariage avec M. le barón de Vaudré, qui avait eu lieu en 1863.

Le mariage avait été célébré à New-York, où le baron s'était rendu pour repêcher quelques débris de ses capitaux, noyés dans un de ces innombrables naufrages qui semblent être le destin commun des banques américaines : ce libre pays faisant tout en grand, surtout banqueroute.

M. de Vaudré ne sauva pas beaucoup de capitaux, mais il ramena la plus délicieuse femme que jamais Angers eût admirée ; une grande dame, en vérité, sachant son monde, élevée mieux qu'au Sacré-Cœur et n'ayant pas même l'accent exotique. Elle venait du Sud-Amérique ; le Sud est resté français, les demoiselles de la Nouvelle-Orléans font beaucoup moins de fautes que des Parisiennes. Il s'agit, bien entendu, de fautes d'ortographe.

M. de Vaudré mourut au commencement de 1861. La baronne n'avait rien qui pût la retenir à Angers. En province, on n'aime pas beaucoup ce qui s'élève au-dessus d'un certain niveau : Laure était aussi par trop belle. Elle vint porter son deuil à Paris. La famille et les alliances que feu le baron avait au faubourg Saint-Germain, rendirent les visites de Mme la baronne.

Après son deuil fini, elle vit du monde : j'entends du vrai monde, quoiqu'elle n'eût aucune prétention à faire partie de ce pure noyau qui est « le monde » par excellence, — à ce qu'il dit.

Où plutôt, à ce qu'ils disent, car je pense que vous connaissez comme moi plusieurs douzaines de mondes, dont chacun, pour les heureux qui le composent, est le grand — et le seul.

Le monde de la baronne était au faubourg : bonne qualité de la seconde couche. Elle vivait comme une personne riche. Elle n'avait point d'enfant. Elle se donnait trente ans et n'en paraissait pas plus de vingt-cinq.

Je me méfie de celles ou de ceux qui restent trop longtemps jeunes. Elle est toujours froide et dure, soit bronze, soit marbre, la matière des statues sur le front desquelles passe, sans les entamer, l'injure des années.

Chose singulière : Dickens, qui avait souvent l'œil perçant de Balzac, disait en parlant de ces étoffes inusables : « Quand une femme a l'air de se vieillir de cinq ans, soyez sûr qu'elle se rajeunit de dix ans ! »

Auquel compte, ce ravissant portrait de la Joconde parisienne aurait frisé la quarantaine. Quelle folie !

Les allures de Mme la baronne de Vaudré étaient absolument correctes. Ce n'était pas ce qui s'appelle une dévote, mais elle avait sa chaise à Saint-Germain-des-Prés, dont le clergé la connaissait bien par ses aumônes.

Elle recevait peu : nous eussions pu dire qu'elle ne recevait point, sans l'intimité qui s'était établie récemment entre elle et Mme la marquise de Sampierre.

Le cercle des maisons où elle allait était restreint ; elle accueillait les avances avec une réserve plus que discrète et mettait dans tout ce qu'elle laissait paraître d'elle-même une mesure parfaite qui n'excluait, aux heures propices, ni l'abandon ni la gaîté.

Son premier étage de la rue Saint-Guillaume, où quelques privilégiés avaient accès, était un pur bijou. Ses équipages consistaient en un simple coupé, à la vérité fort bien attelé. Quant à sa mise, c'était du grand art : la fière, la sobre élégance de celles qui parent la parure et dont la seule apparition repousse au dernier plan les riches pauvresses, condamnées à trop de toilette !

Saint-Simon écrivait quelque chose d'analogue en parlant de Françoise d'Aubigné qui servit Scarron et fut servie par Louis XIV.

Mais les temps sont durs et j'aime mieux vous prévenir d'avance : n'espérez pas pour cette belle Laure la fortune de Mme de Maintenon.

XXVI

LES QUARANTE ANS DE LA MARQUISE

Ceux-là, les quarante ans de la marquise Domenica, n'étaient niés ni par les autres, ni par elle-même. C'était une vraie, une grosse et même un peu lourde quarantaine. La marquise possédait toujours sa colossale fortune gérée maintenant par son cousin d'alliance le comte Giambattista Pernola, des marquis Siampietri ; cinq millions tout ronds de revenu, disaient les badauds, un million et demi, rabattait la chronique, mieux instruite peut-être que Domenica elle-même, mais moins savante que le Pernola qui, seul, connaissait désormais les régisseurs de Sardaigne et les intendants de Valachie.

Mme la marquise ne ressemblait plus beaucoup à la jeune princesse Paléologue, cette éblouissante étoile qui avait illuminé le ciel parisien en 1347. On voyait bien qu'elle avait été belle, mais l'embonpoint vainqueur la fatiguait presque autant que le chagrin. Nous l'avons dit : elle était folle du « plaisir. » Pour certaines natures, qui ne sont pas du tout des exceptions, c'est là une manière de porter le deuil. Elles se réfugient dans la foule et dans le bruit comme d'autres cherchent la solitude et le silence; il leur faut du monde, à tout prix.

Seulement, le monde de la marquise n'était plus cette élite sidérale que nous vîmes autrefois rassemblée comme un brillant système de soleils, au milieu des miracles de l'hôtel Paléologue. Il y avait, à cet égard, décadence complète et assurément peu méritée.

Paris est un despote qui ne doit compte à personne ni de ses faveurs ni de ses dédains. Cette vérité s'applique surtout aux vogues exotiques qui montent très vite, parce qu'aucun entourage ne les gêne, et qui descendent comme on tombe, parce qu'aucun entourage ne les maintient.

Il y avait du sombre dans le passé de la pauvre marquise. Ces grands noms mariés, Paléologue et Sampierre, éveillaient l'écho d'une sinistre rumeur. Paris n'avait jamais vu le fond de ce mystère, perdu au milieu des catastrophes judiciaires qui avilirent si étrangement l'agonie du règne heureux de Louis-Philippe, mais le souvenir surnageait d'un acte de sauvage violence accompli par un mari dans la chambre de sa femme en couches.

Un enfant avait disparu. Le mari était odieux. Il y avait une tache à la robe de la femme.

Après quinze ou seize ans écoulés, quand la marquise Domenica revint habiter Paris, le grand faubourg affecta de ne point savoir qu'il y avait un hôtel de Sampierre.

La famille se composait alors de Domenica, du marquis Giammaria qu'on ne voyait point et dont nul ne parlait jamais, du comte Roland, le fils unique, qui était un adolescent de belle espérance, et de Charlotte, princesse d'Aleix, fille de Michela Paléologue que sa mère mourante avait confiée aux soins de Domenica.

Charlotte était la meilleure consolation de la marquise, qui l'adorait et trouvait dans la présence de cette jolie, de cette très jolie cousine un prétexte à orchestre et à bougies. Pouvait-on enterrer vivante cette adorable enfant ? Paris, en définitive, a de généreuses ressources. Quand le monde n° 1 fait le fier, reste le monde n° 2 ; si celui-là résiste, il y a le n° 3, et ainsi de suite jusqu'au n° 100, qui n'est pas encore le demi-monde, fi donc !

Vous pensez que Mme la marquise n'eut pas à plonger jusqu'à ces profondeurs.

Entre deux eaux, elle trouva son affaire. On dansa chez elle. Il y eut à ses bals de ceci, même de la noblesse, mais aussi de cela, vous savez quoi, en quantité.

Mais on dansa.

Cependant, le malheur est tenace ; l'hôtel de Sampierre fut frappé de nouveau et cruellement par la mort du jeune comte Roland. Une saison tout entière, on y fut réduit à donner des concerts comme en carême. Charlotte devenait une des plus riches héritières de Paris, Pernola rajeunissait, Domenica sanglotait. Après le temps voulu, on dansa un peu — au piano.

Puis, tout à coup, il vint à la bonne marquise un regain de succès qu'elle ne cherchait point. Paris-bourgeois s'occupa d'elle tout à coup, parce qu'elle avait entrepris, à grand frais, cette tâche romanesque de retrouver l'enfant disparu depuis tant d'années. Les uns se moquèrent avec bienveillance, les autres s'attendrirent franchement. Les journaux parlèrent. On compara cette tendre mère à la veuve du célèbre navigateur Franklin dont l'entêtement aveugle, mais sublime, avait nié aussi l'évidence, lançant des flottes entières à la poursuite d'un mort.

Domenica faisait de même et dépensait encore plus d'argent. Elle levait des troupes d'aventuriers, elle équipait des navires. Je ne parle même pas des neuvaines, des pèlerinages ni des consultations de somnambules.

C'était un prince qu'on cherchait ainsi ; car la marquise avait obtenu du protectorat russe, en Roumanie, la reversion des noms et titres du vieux Michel Paléologue sur la tête du comte Roland, dont son second fils, Domenico, vivant, aurait hérité.

Tout cela intéressait les curieux de faits-divers, d'autant que l'intrépide vicomte de Mœris, ancien secrétaire de Raousset-Boulbon, et chef de la dernière expédition, avait laissé publier dans les journaux des extraits de son voyage de recherches entre la chaîne des Andes et l'Océan Pacifique.

C'était curieux à essouffler le lecteur. On n'avait rien trouvé du tout, nous le savons déjà, mais que d'héroïsme dépensé, et aussi que de dollars !

Nous retrouverons ce Mœris, un des hommes les plus étonnants de ce temps-ci, qui couchait entre deux revolvers à mitraille et tapissait sa chambre avec les chevelures de ses ennemis massacrés.

Il fallait ces détails pour l'intelligence de la très singulière aventure dont nous allons entamer le récit au prochain chapitre.

XXVII

UN MIRACLE

Le 19 août 1867, la marquise Domenica, qui avait donné un grand dîner la veille et qui donnait un grand bal le lendemain, se rendit, selon son habitude, rue du Bac, à la petite église des Missions Etrangères, sa paroisse, ou elle entendait quotidiennement la messe de neuf heures.

Tout ce qui tenait à la paroisse, la connaissait ; elle était aussi pieuse que mondaine, et il y avait des colonnes de neuvaines inscrites à son compte au grand-livre de la sacristie.

Depuis les mendiants de la porte jusqu'à la receveuse des chaises, en passant par le suisse, le bedeau et l'infirme du bénitier, elle fut saluée dix fois avant d'arriver à sa place habituelle.

On lui témoignait un respect familier, à cette belle grosse dame qui pleurait sa messe tous les matins et festoyait tous les soirs. Il n'y avait pas jusqu'à sa dame de compagnie, si robuste et si valaque, la bonne Savta, qui n'eût sa part de popularité dans le petit monde de l'église des Missions.

Aujourd'hui, Mme la marquise n'avait point eu le

bras de Savta pour monter le perron : elle arrivait seule et s'arrêta toute essoufflée devant sa chaise d'acajou munie, entre autres commodités, d'un coussinet de velours pour appuyer les coudes.

Sous le coussinet, un coffret fermant à clef, servait à serrer les livres de prières que la marquise avait en considérable quantité.

Domenica ouvrit ce coffre, y prit son paroissien ordinaire et suivit la messe qui commençait.

Comme elle était naturellement croyante et qu'elle avait dans le cœur un désir passionné, elle priait avec une extrême ferveur. Ses voisins l'entendirent plus d'une fois sangloter.

On était habitué à cela et chacun savait la cause de ses larmes.

En somme, si impossible que fut l'espoir de cette mère, cherchant, après vingt ans, un enfant disparu à l'heure même de sa naissance, il n'y avait rien là qui pût inspirer autre chose que de la compassion et du respect.

Aujourd'hui, Mme la marquise subissait une véritable crise d'émotion.

L'élan de son âme vers Dieu fut plus ardent encore que de coutume. Sa prière était une extase où le nom de Domenico revenait parmi les pleurs qui brûlaient ses paupières. Elle disait dans la bonne foi de son transport maternel : « Seigneur, faites-moi pauvre ! que je souffre le froid et la faim ! Seigneur, abrégez ma vie, mais que je puisse revoir mon Domenico, mon pauvre enfant chéri, avant de mourir ! »

Tout à coup, un peu après l'élévation, les fidèles furent distraits par un cri étouffé,

La marquise de Sampierre était debout, tenant d'une main son livre d'Heures et de l'autre un papier, sur lequel son regard s'attachait comme s'il eut obéi à une irrésistible fascination.

Elle tremblait de tous ses membres avec violence, ses jambes ne pouvaient plus la soutenir.

— Mon Dieu ! mon Dieu ! mon Dieu ! dit-elle par trois fois.

Le secours seul de ses voisins l'empêcha de tomber à la renverse.

Elle ne voyait plus le prêtre à l'hôtel; et sans doute elle avait perdu toute conscience du lieu ou elle se trouvait, car elle reprit à voix haute :

— Le livre était dans le coffre ! je le jure ! je jure que le coffre était fermé à clef !

La folie se déclare ainsi parfois d'une façon foudroyante et il y a des familles condamnées.

On fit sortir madame la marquise du saint lieu en usant de tous les égards possibles.

Elle n'opposait aucune résistance à ceux qui l'entrainaient, mais elle continuait de parler ou plutôt de balbutier des phrases inintelligibles dans lesquelles le mot *miracle* revenait fréquemment avec le nom de Domenico.

Sous la porte, elle appela les pauvres et vida sa bourse entre leurs mains.

Au moment de monter en voiture, elle semblait un peu calmée.

Elle pût remercier ceux qui l'avaient secourue.

— Si vous saviez, mes amis, mes bons amis ! ajouta-t-elle en portant à ses lèvres le papier qu'elle avait toujours à la main. Dieu a eu pitié de moi ! c'est un éclatant miracle... A l'hôtel ! vite, Constant, à l'hôtel !

La voiture s'ébranla, mais avant qu'elle eût tourné l'angle de la rue de Babylone, la marquise sonna violemment son cocher.

— Chez M. Moffray ! cria-t-elle. Je veux lui demander conseil. Poussez vos chevaux, Constant.., Non ! monsieur de Mœris est un homme plus résolu !... Constant ! à l'hôtel du Louvre !

Et trois secondes après :

— Constant ! Constant ! tournez la rue de Grenelle. C'est Laure que je veux ! Je la veux à l'instant même. Je vais rue Saint-Guillaume, chez Mme la baronne de Vaudré ! La lettre dit : « Soyez prudente... » Mon Dieu ! mon Dieu ! je ne dirai rien à personne ! Ils m'ont pris mon Roland ! Je jure que si mon Domenico m'est rendu, je saurai le défendre contre eux et contre tous !

Elle essaya encore de lire le mystérieux écrit qui avait produit sur elle ce délire d'allégresse, mais ses pauvres yeux étaient noyés.

Elle se laissa aller au fond de la voiture en murmurant :

— Jamais, jamais je ne l'ai cru mort, mon petit enfant ! mon Domenico bien-aimé !

XXVIII

ADRESSES DE LETTRES

Cette belle Laure de Vaudré avait dû se lever matin. Il n'était pas encore neuf heures et demie, et la tablette de son secrétaire — un Boule très curieux — supportait déjà plusieurs lettres dont l'écriture était toute fraîche.

Presque toutes ces lettres étaient déjà dans leurs enveloppes, et jetées pêle-mêle.

On pouvait lire quelques adresses, entre autres celle de M. F. Preux, principal locataire, cité Donon, rue de Babylone, celle de M. Chanut, rue des Canettes et celle de M. Edouard Blunt, chaussée des Minimes, Paris.

Il y avait deux lettres qui attendaient, achevées, mais non pliées.

Mme la baronne de Vaudré avait sans doute donne quelque rendez-vous, car son regard interrogeait souvent la pendule. Ce regard était calme et doux comme Laure elle-même dans son négligé charmant : il n'exprimait ni inquiétude ni impatience.

A neuf heures trente-cinq minutes, on sonna ; Laure eut un sourire.

Presque aussitôt après, sa femme de chambre, qui était une Anglaise d'âge mûr et d'apparence absolument remarquable, vint annoncer Mme la marquise de Sampierre.

Laure ne témoigna aucune marque de surprise et dit comme manière d'acquit :

— La messe a donc fini de bien bonne heure, aujourd'hui.

Elle ajouta :

— Hély, ma chère, dites à madame la marquise que je suis à elle, et revenez, j'ai besoin de vous.

Quand Hély fut partie, Laure fit la revue de ses lettres et mit les deux dernières dans leurs enveloppes. Elle allait très vite en besogne et n'avait point l'air de se presser.

Ainsi est faite la vivacité sereine des fées.

Sur l'une des enveloppes, elle écrivit : « A M. le vicomte de Mœris, hôtel du Louvre »; sur l'autre : « A M. Achille Moffray, agent d'affaires, rue de Provence. »

On sonna de nouveau. Le sourire de Laure devint songeur.

— Mme la marquise attend au petit salon, dit Hély en entrant; elle a demandé un verre d'eau. Je crois qu'il lui est arrivé quelque chose de particulier ce matin.

Au lieu de répondre, Laure lui mit dans la main le premier paquet des lettres cachetées.

— Pour la poste, dit-elle. Je me serai trompée... On n'a pas sonné?

— Etourdie que je suis! s'écria l'Anglaise, si

fait... c'est ce jeune homme d'hier soir, qui a la tête un peu de côté, mais qui est si convenable !

Cet adjectif : *Convenable*, est le premier de tous, une fois passée la jetée de Calais : il exprime le plus bel éloge que la langue anglaise puisse décerner à un être humain. Hély le prononça avec emphase :

— Ce jeune garçon m'est très recommandé, laissa tomber la belle baronne. Que pensez-vous de lui, vous Hély, ma chère ?

Hély se redressa de son haut pour répliquer :

— En général, madame sait bien que je ne pense rien des hommes ; mais, quoique je sois exilée ici, à Paris, grand vase de pourriture moderne, j'appartiens toujours par le cœur à la congrégation méthodiste consolidée d'Ave-Maria-Corner, troisième ordre de purification, selon le prédicatoire exclusif du saint Nicholas Daws, qui a corrigé l'évangile. Eh bien ! madame saura que le jeune homme sort de chez le docteur Jos. Sharp qui est un de nos plus forts piliers dans le Seigneur.

Elle s'arrêta parce que sa maîtresse la regardait fixement.

— Est-ce que madame aurait entendu parler du saint Nicholas Daws ? demanda-t-elle en rougissant d'admiration et de ferveur.

Il y avait sur son front abondamment fané une candeur terrible.

Laure ne perdit point son beau sourire et dit :

— Alors, Hély, vous auriez confiance en ce jeune M. Donat ?

— Oh ! certes, madame, à cause de ses principes et de sa tenue diamétralement régulière.

— Faites-le entrer au boudoir, donnez-lui un journal et qu'il attende.

— Un journal, non, madame ; j'ai, Dieu merci, la *Série des preuves*, s'il est sérieux, comme je l'espère, et, s'il penche vers les frivolités de son âge, j'ai le *Jardin de la contreverse* et les *Sept parfums du sanctuaire*. Un journal ! madame, que Dieu nous garde du poison !

— Vous lui prêterez ce que vous voudrez, Hély. Votre opinion a un grand poids sur moi, ma bonne. Je causerai volontiers avec ce jeune homme, quand Mme la marquise sera partie.

L'Anglaise fit une révérence. Laure ajouta, en lui remettant à part la lettre de Mœris et celle de Moffray :

— Ces deux-là doivent être portées à leur adresse sur-le-champ et par estafette. C'est très pressé.

XXIX

COMMENCEMENT DE LA CONSULTATION

En sortant de sa chambre à coucher, Mme la baronne Laure de Vaudré passa dans le boudoir où Hély avait mission de faire attendre l'intéressant jeune homme qui appartenait, comme elle, au troisième ordre du purification, dans le prédicatoire du saint Nicholas Daws, d'Ave-Maria-Corner.

La porte de boudoir donnait dans le grand salon.

Laure traversa le boudoir et en referma la porte à clé.

Elle poussa même le verrou, excès de précaution bien inutile contre un membre de la congrégation méthodiste consolidée !

Elle traversa aussi la pièce d'apparat qui sentait un peu le renfermé et pénétra dans le petit salon.

Là, au contraire, tout vivait, tout souriait : les fleurs et l'art au dedans, au dehors les vieux arbres d'un bosquet contemporain de Louis XIV.

On y devinait la présence habituelle de cette créature choisie qui était la grâce sobre, le goût exquis, le charme.

Il y a seulement cent ans, aucun poète « léger »

n'auraït pu voir ce *réduit* sans faire rimer aussitôt : « Mon œil te contemple » avec « temple ».

C'était là que Mme la marquise de Sampierre attendait.

Elle s'était jetée sur un canapé en entrant. Sa maladie mignonne était la courte haleine; aujourd'hui, les opulences de sa gorge bondissaient positivement. Elle s'éventait tant qu'elle pouvait avec son mouchoir pour rafraîchir le feu de ses joues. On eût dit qu'elle venait de faire une lieue à pied toujours courant.

Le mystérieux billet, trouvé entre les pages de son paroissien aux Missions étrangères, et cause de tout ce grand émoi, n'était plus dans sa main.

— On n'a pas idée de cela, n'est-ce pas ! dit-elle, avant même que Laure lui eût adressé les compliments d'usage. Je passerai pour folle à la fin ! Qu'allez-vous penser en me voyant chez vous à pareille heure?

Laure lui avait pris la main, qu'elle serrait affectueusement.

— Je vais penser, répondit-elle en souriant, que vous me traitez comme une amie, et je vous en remercie de tout cœur.

— J'étais sûre de cela, ma chérie, murmura la marquise, qui la regardait avec une admiration toute féminine. Mais, mon Dieu ! êtes-vous assez jeune ! dès le matin ! et belle ! Je serais presque votre mère, savez-vous ?... J'ai un service à vous demander, un grand service. Asseyez-vous là, près de moi. Voulez-vous être mon bon ange ?

Tout à l'heure, pendant qu'elle attendait, une sorte d'affaissement avait succédé à son excitation, mais la fièvre la reprenait et précipitait ses paroles.

Laure se mit auprès d'elle. Sa réponse fut un témoignage d'empressement dévoué. Leurs fauteuils se touchaient presque, et néanmoins Mme de Sampierre rapprocha le sien.

— Chérie, dit-elle en baissant la voix, je vous préviens que je vous prends au mot. Pas de préambule! Deux fois déjà, vous entendez, deux fois, vous m'avez parlé de LUI...

— Plutôt cent fois que deux! s'écria la baronne. Ah! certes, nous avons causé de lui plus de cent fois! S'il y a au monde une chose qui m'ait intéressée, c'est l'admirable entêtement de votre amour maternel. Ma raison me défendait de partager vos espérances, mais que peut la raison contre le cœur? Et, souvent, je me suis surprise à rêver, comme vous rêvez vous-même, le retour de ce fils bien-aimé.

La marquise l'attira vers elle et la baisa au front.

— Ce n'est pas cela, dit-elle encore. Vous êtes une âme d'élite et vous avez toujours écouté ce que tant d'autres appellent mes radotages. Mais j'ai dit ce que je voulais dire, et je le répète : vous m'avez déjà parlé deux fois de mon fils. J'ajoute : vous ne ne m'avez jamais parlé de lui que deux fois.

Le front de la baronne se couvrit d'un nuage, et son regard exprima de l'inquiétude.

— La première fois, poursuivit Mme de Sampierre, dont l'accent devenait timide et singulièrement ému, c'était à Carlsbad. Vous vous souvenez, chérie, nous avions fait connaissance tout de suite, et moi, du moins, je vous avais aimée à première vue, comme les amoureux des romans. Ce jour-là, je vous rencontrai toute seule dans le parc ; votre physionomie me parut changée, votre voix aussi, — votre voix surtout. Je parlais, et vous savez bien de quoi je parle toujours ; vous marchiez près de moi sans répondre. Tout à coup, vous me dites : « Il n'est pas mort... »

— Moi ! s'écria Laure, qui avait les yeux baissés.

La marquise poursuivit :

— Je vous demandai : « Qui donc? » Vous me répondîtes : « Domenico ».

Laure garda le silence.

Le nuage qui était sur son front s'assombrit.

— Jamais vous ne m'avez rien dit de cela! murmura-t-elle.

— C'est que, répliqua la marquise, si on vous aime beaucoup, on vous craint un petit peu. Moi, d'abord, auprès de vous, je suis toujours comme si vous étiez la reine. Aborder cette question-là, c'était toucher à votre secret. Je n'ai pas osé. Voilà tout.

La baronne de Vaudré releva les yeux et dit :

— Domenica, je ne veux pas avoir de secret pour vous.

— Oh ! chère enfant ! s'écria la marquise en se jetant à son cou, le bonheur me vient, puisque je vous ai trouvée ! Avec mon Domenico, vous êtes ce que j'aime le mieux au monde !

— Et votre Carlotta ? fit Laure, dont la belle bouche eut de nouveau son sourire.

— Et Carlotta, bien entendu, répéta la marquise, je n'oublie pas ma chère fillette. Mon fils l'aimera. J'aurai deux enfants !

Laure, qui semblait rêver, pensa tout haut :

— C'est bien vrai, ce serait le bonheur.

— La seconde fois que vous m'avez parlé de lui, continua la marquise, c'était chez vous, à la place même où nous sommes. Vous aviez encore cet air singulier qui transforme votre beauté et fait de vous une autre femme. Quand je vous embrassai en entrant, vous me dîtes : « Je dors », comme cela, de but en blanc.

— Ah ! fit la baronne. Et l'autre fois, à Carlsbad, e ne vous avais pas dit : « Je dors ? »

— Non. J'oubliais un détail. A la porte, Hély m'avait dit : « Madame la baronne n'y est pour personne, mais elle attend la marquise. » Je dois vous affirmer que vous ne pouviez être instruite de ma venue, puisque j'étais entrée chez vous par hasard, tout à fait en passant.

Laure ne répondit pas.

— Et alors, demanda la marquise, vous ne vous souvenez pas de tout cela ?

— De rien, prononça Laure à voix basse, mais ne vous en étonnez pas, c'est la règle. Le sommeil se souvient du sommeil. La veille ne garde mémoire que de la veille.

— Comme c'est curieux, ces choses-là ! comme c'est inexplicable ! moi, j'y crois, vous savez ? Non pas aux autres, mais à vous... Pour en revenir, quand vous me dîtes : « Je dors », je crus que cela signifiait tout bonnement : « J'ai sommeil », d'autant mieux que vous laissiez tomber l'entretien sans rien répondre à mon bavardage, mais au moment où j'allais me retirer, en femme bien élevée qui ne veut pas gêner, vous me prîtes par la main et vos grands yeux m'enveloppèrent d'un regard qui me fit froid partout.

— Et je parlai ? demanda Laure.

— Vous dites : « M. le marquis croit l'avoir tué... »

— Qui ? votre fils ? s'écria la baronne dont le regard exprimait une curiosité pleine d'étonnement.

La marquise l'examinait avec attention.

— Oui, répondit-elle. Vous parliez de mon mari et de mon fils.

Laure croisa ses mains sur ses genoux.

— Vous pensez, reprit Mme de Sampierre, si je fus violemment frappée. Je n'ai jamais confié ce douloureux secret à personne.

— Et personne ne le sait ! interrompit Laure vivement, pas même moi ! Prenez garde, Domenica. Vous parlez ici de choses que j'ignore absolument. N'allez pas plus loin, si vous voulez garder vos secrets.

Sa main pâle pressait le bras de la marquis. Celle-ci répartit avec élan :

— Je n'ai rien à vous taire, ma chérie ! L'avertissement que vous me donnez prouve bien votre délicatesse, mais je n'en profiterai pas. Je veux que vous sachiez tout de moi, puisque vous ne me cachez rien de vous.

Laure la remercia d'un serrement de main et demanda :

— Cette seconde fois, est-ce que je ne vous dis pas autre chose ?

— Si fait, répondit Mme de Sampierre, vous me dites : « Prenez garde à l'homme d'Italie... »

— Ah ! murmura Laure, j'ai dit cela !

Puis elle ajouta après un silence :

— Et vous avez compris ?

La marquise fit un signe affirmatif.

— Moi, je voudrais ne pas comprendre, dit la baronne, car M. le comte Pernola m'a toujours semblé un homme bon et dévoué. Il est de mes amis.

— Ah ! pauvre chérie ! s'écria la marquise, les amis ! est-ce qu'on sait ! à l'exception de vous, tout le monde me fait peur ! Voyez-vous, je suis trop riche, voilà le malheur. Et encore, ici, à Paris, les gens qui viennent chez moi et mes hommes d'affaires eux-mêmes ne savent pas comme je suis riche. C'est effrayant tout uniment ! Je reçois souvent des lettres anonymes qui me disent : « Prenez garde ! vous ne connaissez pas vos propres affaires, on vous vole... » Et après ? qu'est-ce que cela me fait ?

Laure avait les yeux baissés.

— Croyez-vous qu'on pourrait jamais me ruiner ? demanda la marquise avec un sourire de pitié.

— Vous souvenez-vous que nous visitâmes ensemble la grande tonne d'Heildelberg ? murmura la baronne sans relever les yeux.

— Oui, eh bien ?

— Il ne faudrait qu'un petit trou de vrille pour la vider avec le temps.

Domenica poussa un gros soupir, mais elle haussa es épaules et répéta :

— Avec le temps ! Un siècle, alors, ou deux, et encore ! Ah ! chérie, allez, ce n'est pas la prudence qui me manque ! je n'ai confiance en personne. Certes, je ne voudrais pas devenir pauvre, car il faut de l'argent pour chercher une aiguille dans mille charretées de foin, et c'est là ce que je fais, mais je voudrais au moins arrêter cette marée montante, cette marée d'argent qui me noie ! Je dépense, je donne tant que je peux et sans choisir, je jette comme on dit, le bien par la fenêtre. Rien n'y fait, ma chérie. L'argent revient par la cheminée. Depuis six mois, j'ai eu deux successions... Tenez ! c'est comme pour mon embonpoint ! Vous riez ? Voilà ! Je fais rire. Je ne mange pas, je ne dors pas, je pleure le jour, et tous les mois mon poids gagne une livre : C'est terrible !

Elle essuya une larme qui lui venait dans un sourire et reprit brusquement :

— Mais ce n'est pas tout ça ! Il s'agit du service que vous allez me rendre. Où en étais-je ? à Pernola. Il a entre les mains mes pouvoirs authentiques et généraux pour mes biens de Roumanie, de Hongrie et de Sardaigne, c'est vrai, mais je les lui reprendrai... Je continue : Après que vous m'eûtes dit de me méfier de lui, vous fûtes du temps sans me parler, puis votre tête se pencha sur votre poitrine et je vous entendis murmurer, mais si bas, si bas : « En pleine mer... sur la route des Antilles... bien loin encore, ah ! bien loin... Le navire se dirige vers la France... »

Les beaux yeux de Laure brillèrent.

— Achevez dit-elle, avec une visible émotion

— C'est fini, répliqua tristement la marquise

— Je dus ajouter...

— Vous n'ajoutâtes pas une parole.

— Et combien y a-t-il de cela ?

— Trois semaines.

— Et je n'ai plus jamais rien dit depuis lors !

— Rien, jamais.

XXX

SUITE DE LA CONSULTATION

Même au faubourg Saint-Germain, il est peu de voies aussi complètement sourdes-muettes que la rue Saint-Guillaume.

Il y a, là, tel noble balcon, où l'on pourrait muser pendant le quart d'une journée sans ouïr d'autre bruit que le passage de l'omnibus au coin de la rue Saint-Dominique.

Dans ce quartier paisible jusqu'à la mort, les métiers se taisent et les colères illustres des deux glaciers qui combattirent en champ clos, une fois, pour le nom de la reine Blanche, ne parvinrent même pas à secouer le sommeil ambiant.

La maison de Mme Laure de Vaudré, située entre deux hôtels que la saison d'été faisait déserts et entourée par derrière de grands vieux jardins à l'aspect humide, aurait pu concourir pour le prix de silence dans ce quartier silencieux.

Quand nos deux amies se turent, après la dernière réponse de la marquise Domenica, il se fit, dans le petit salon, un repos si mat et si profond, que, malgré le beau soleil du dehors, l'idée de la nuit venait.

Vous y eussiez entendu, comme disent les locutions proverbiales, la souris courir ou la mouche voler.

Et par le fait (c'est pour cela que nous avons mentionné l'étrange absence de tout bruit), la souris courait chez cette charmante baronne : une souris noble peut-être et dont les preuves remontaient aux croisades.

Cette souris avait dû se tromper d'heure. Elle courait ou bien elle grattait, comme s'il n'eut point été plein jour.

Ou du moins, derrière la porte fermée du grand salon, quelque chose bruissait, mais si faiblement ! Il fallait la fine oreille de Mme la baronne pour l'entendre.

La marquise Domenica n'avait pas saisi ce bruit presque imperceptible.

Ce fut elle qui reprit l'entretien.

— Souvenez-vous, chérie, dit-elle, vous n'avez pu me rien dire depuis lors, car le lendemain du jour où *vous dormiez*, Charlotte et moi nous partîmes pour Ems. Pendant ces trois semaines, vous et moi, nous ne nous sommes plus revues.

— C'est juste, fit Laure.

— Je ne suis pas superstitieuse, continua la marquise, mais je sors d'une famille où l'on garde la tradition d'événements surnaturels. Je puis croire à certaines choses que la raison humaine ne saurait expliquer. Ce n'est pas pour vous que je dis cela, chérie, c'est pour moi. Il ne s'agit plus de votre sommeil. J'ai vu... comment dire cela ? Vous avez certainement remarqué mon trouble, tout à l'heure, lors de mon arrivée... C'est que j'avais été témoin... enfin, il y a un fait de toute évidence, que j'ai constaté de mes yeux, un fait tellement extraordinaire...

Laure l'interrompit pour demander :

— Ce fait a-t-il eu lieu à Ems ?

— Mais non, c'est ce matin même !

— Alors, vous n'êtes pas revenue à Paris tout exprès pour m'interroger ?

— Non certes... vous n'ignorez pas que j'ai plus d'un sujet de tristesse...

Laure l'arrêta.

— Je ne sais rien, dit-elle avec fermeté, je ne veux rien savoir.

— Et cependant, il faut bien que je vous apprenne...

— J'entendrai tout, interrompit encore Mme de Vaudré, mais je ne saurai rien.

Elle ajouta d'un ton de résignation presque douloureux :

— Pour tout entendre et pour ne rien voir, il faut que je dorme. Cela me fait souffrir cruellement, et pourtant, je dormirai, si vous l'exigez, Domenica.

La bonne figure de la marquise exprima sa joie et sa reconnaissance,

— Je n'espérais pas moins de vous, chérie, s'écria-t-elle, et je n'osais pas vous le demander. Est-ce que vous avez quelqu'un ici pour vous endormir.

Par cette question, nous pouvons voir que l'excellente marquise n'était pas tout à fait innocente en fait de sorcellerie somnambulesque.

La baronne fixa sur elle son regard mélancolique et répondit avec lenteur :

— Dbmenica, j'ai confiance en vous et je vous aime. Quelque chose me défend d'accepter votre secret et m'ordonne de vous livrer le mien sans réserve. Gardez-le fidèlement, car nul être vivant ne le possède, excepté vous.

D'un geste, elle ferma la bouche de la marquise qui voulut remercier, et poursuivit :

— Un homme a exercé sur ma vie une influence extraordinaire. Ce n'était pas mon mari. Cet homme est mort.

Ses yeux étaient baissés maintenant, mais elle gardait le front haut et sa beauté avait vralment un caractère solennel. Domenica la contemplait avec une sorte de respect.

Laure poursuivit :

— Il est des liens que la mort ne saurait détruire. Je ne parle pas ici des choses de l'amour. Peut-être n'y avait-il point d'amour entre cet homme et moi. Du moins, il aimait une autre femme et je ne l'ignorais pas. Quand ma volonté est de dormir, ce sommeil auquel nous songeons en ce moment toutes les deux, je n'ai besoin que de cet homme qui a été mon maître.

Un vague frisson glissa le long des veines de la marquise, pendant qu'elle écoutait ces singulières paroles.

Elles furent prononcées avec une émotion contenue, mais si profonde, que l'idée de supercherie ne serait pas venue, même à un sceptique.

Tout au plus, le sceptique aurait-il pensé que cette charmante femme avait de l'exaltation dans l'esprit et que sa cervelle était un peu malade.

La marquise Domenica ne pouvait passer pour sceptique.

— Est-ce que le mort revient, ma chère? demanda-t-elle tout bas d'une voix qui tremblait considérablement.

— Il ne s'en va jamais, répliqua Laure avec un triste sourire.

Domenica s'agita sur son siège :

— Ce n'est pas que j'aie peur... murmura-t-elle en glissant à la ronde une œillade inquiète.

Laure la regarda, et son sourire prit une expression plus recueillie pendant qu'elle disait :

— Vous avez raison de ne rien craindre, *il* ne vous fera jamais de mal, *à vous* !

XXXI

L'ÉCUSSON DE TRÉGLAVE

La marquise Domenica n'aurait point su dire pourquoi ces paroles, qui semblaient destinées à la rassurer produisaient sur elle l'effet contraire et changeaient son inquiétude en terreur.

Laure étendit le bras pour rapprocher d'elle un guéridon volant, dont la tablette de marbre à galerie supportait divers objets. Elle y prit un petit miroir à manche, dont la poignée d'argent avait de fines ciselures, et un écrin de peau chagrinée.

Elle ouvrit l'écrin qui contenait une bague en or très massive et de l'espèce dite chevalière.

Evidemment, cette bague ne pouvait convenir à sa main.

Elle devait appartenir ou avoir appartenu à un homme.

Le chaton, de forme ovale, portait un écusson gravé.

Une expression de peine, combattue par un religieux respect, envahit les traits de Laure au moment où elle toucha ces deux objets.

Elle baisa la bague comme si c'eût été une relique, puis elle la tendit à la marquise avec le miroir, en disant :

— Je veux dormir par vous, puisque je dormirai pour vous. Passez la bague au doigt annulaire de votre main, vous me présenterez le miroir, droit devant moi, pour que j'y voie bien mes deux yeux.

Les doigts de Domenica frémirent un peu au contact du miroir magique. Ce ne fut rien ; le manche ne brûlait pas.

Mais, quand elle prit la bague et que son regard rencontra les armoiries gravées sur le chaton, elle se sentit devenir froide.

La masse de sang qui, d'ordinaire, colorait si violemment son visage, se retira d'un coup pour faire place à une mortelle pâleur.

Une étincelle passa entre les paupières demicloses de Laure.

La bague, paraît-il, était plus magique encore que le miroir, car le choc, éprouvé par Domenica, fut visible et faillit la terrasser.

Elle resta comme éblouie : un instant, sa bouche béante n'eut plus de souffle.

Le rapide regard qui glissa entre les cils de Laure constata ce trouble mais ce fut tout.

Laure ne parla point.

Sur ses traits, dont l'expression obéissait rigoureusement à sa volonté, l'œil attentif d'un observateur eût discerné peut-être une nuance de triomphe fugitif comme l'éclair.

Nous disons : peut-être.

Et nous parlons d'un observateur clairvoyant.

Mais la marquise Domenica ne brillait pas plus par le sang-froid que par la clairvoyance.

Quand cette bonne marquise, après une minute ou deux, eut enfin conscience de son trouble et frayeur de l'avoir laissé paraître, il était trop tard pour interroger le visage de sa compagne. Celle-ci avait l'air, en effet, de ne plus appartenir à notre monde et semblait absorbée dans ce recueillement qui précède tout acte solennel.

— Je suis prête, dit-elle en gardant cet air de souffrance grave et de résignation qui donnait à toute la scène une couleur si étrange; mettez la bague à votre doigt et tenez le miroir de façon à ce que je m'y puisse voir tout à fait en face.

La marquise obéit pour la bague, mais négligea le miroir, son regard restait rivé au chaton qu'un reflet de soleil faisait briller à sa main.

Ce n'était pas un bijou moderne. Les contours de l'écusson étaient tracés selon ces lignes robustes de la gravure ancienne, et les pièces de l'écu s'enlevaient vigoureusement sur le champ, émaillé de noir.

Héraldiquement, l'écu se blasonnait ainsi :

« De sable au cœur d'or, transfigé de trois glaives d'argent, le un en barre, le deux en pal, le trois en bande, cimier de chevalier-comte, devise : *Tres in uno ;* cri : « Tréglave pour mourir ! »

Domenica connaissait l'écusson, le cri, la devise et la bague.

— Eh bien ! fit Laure. J'attends.

Sa voix était brève et sèche.

La sueur perlait sous les cheveux de Domenica.

Une question vint jusqu'à sa lèvre, mais Laure ajouta impérieusement :

— Ne parlez plus, madame, je vous dis que j'attends !

La marquise saisit résolûment le miroir.

Un flux de sang revenait à ses joues, parce qu'elle pensait :

— Quand elle va dormir, je l'aurai tout entière en mon pouvoir, et je saurai !

Et ce n'était plus seulement à l'objet premier de sa visite qu'elle songeait en parlant ainsi.

Déjà, elle voulait davantage, car elle avait la foi robuste et la soif insatiable de connaître.

Et dans sa croyance, tout son passé était là maintenant, sous sa main, avec tout son avenir.

FIN DU TOME TROISIÈME

Grande Imprimerie de Troyes, 126, rue Thiers

www.ingramcontent.com/pod-product-compliance
Lightning Source LLC
LaVergne TN
LVHW020324230826
846091LV00003B/762
9782329006000